絶対彼女作らせるガール！

まほろ勇太
ill. あやみ

文化祭について
School festival!!
Daichi Kamemaru
亀丸大地

わ、私がスクール水着を着て、
くっ……全校集会で、皆に直談判すべき、
という事なのだろうか……!?
Reika Shishigami
獅子神玲花

……なんて憂鬱なの
Miria Inokuma
猪熊みりあ

亀丸くん、おーい！待った？
Ema Shirahoshi
白星絵馬

正座
鷹見エレナ
Erena Takami

この体勢だと
普通に黒スト越しに
パンツ見えてるし……

Contents

絶対彼女作らせるガール！

まほろ勇太

MF文庫J

口絵・本文イラスト●あやみ

プロローグ　前夜

Zettai kanojo tsukuraseru girl!

『ふふ、もし私が男だったら大変な事になっていたと思うの』

『……定時報告の電話がやっと来たと思ったら、いきなりなんなの』

『絵馬《えま》って可愛《かわい》い。私が男だったら恥も外聞もなく「あの言葉」を使って私の言いなりにするわ。出会って一か月で私と絵馬の愛の結晶を作って、しっかり籍を入れて……』

『あああいいから早く！　あたし眠いの！』

『本日の守護も異常なしよ。明日の放課後は貴女《あなた》の番だけど、気を引き締めて』

『はいはい了解。はあ……絵馬の「女神スイッチ」を入れさせないためとはいえ、こうも毎晩あんたと話さなきゃいけないだなんて』

『それはお互い様。けれど――絵馬を守るためよ』

『……まあね。もしあんたみたいなヘンタイがうっかり絵馬にあの言葉をかけたりしたら、さすがのあたしも死にたくなるくらい後悔しそうだし』

『そうね、それは本物の悪夢。相手が女子ならばまだやりようはあるけれど、万が一そんな男が女神スイッチを起動させたならば、私の命と引き換えてでも止める準備があるわ。これは冗談でも何でもなく、あの子は私にとっての神様なのだから』

『それはあたしも……あたしにとっても絵馬は神様だし。ま、明日も頑張りますか』

第一章　必勝の女神

この学校には必勝の女神がいる。

白星絵馬《しらほしえま》。僕と同じクラスの女の子。彼女の手に願い事を書いて勝利を願えば、どんな相手が悪くとも必ず勝負に勝てるという。

きっかけは一年の頃、白星さんが友達の女子バレー部員に「絵馬の名前って縁起良いよね。白星《しろぼし》とも読めるし、名前も絵馬だし」とまるで本物の神社の絵馬のようにその手のひらに願い事を書かれたことらしいけど——それが見事成就。

さらにそれを真似《まね》た他の部活が次々と勝利し、噂《うわさ》が噂を呼んで女子体育会系の部活が列をなした。以降、白星さんは必勝の女神としてみんなにあがめられているのだった。

ただしそのご利益は連続では続かない。女子の体育会系が『白星効果』についてどのくらいクールタイムが空けば再祈願できるのか、二年目の今年も検証中らしい。

GWも明けた五月中旬。今年も各部活の地区大会の季節が来た。

放課後。まだ日は高く、校舎二階から外を眺めると葉桜の並木が風に揺れている。校門近くでは花壇に原色の花が咲き乱れ、初夏に向けた本格的な陽気が満ちていた。

「白星ぃ、今年はマジで頼む！　地区大会の抽選なんだけどよ、一回戦でいきなり去年の優勝校と当たっちまったんだ！」

　そんな中、件《くだん》の白星さんが、教室の窓際で野球部の面々に取り囲まれていた。

　坊主頭にユニフォーム姿の集団を前に、白星さんは一瞬きょとんと首をかしげて、願掛けのお願いだと分かった途端にっこりと笑う。

「うん、いいよ！」

　快諾。眩《まぶ》しいくらいの笑み。もう教室に光があふれるくらいの眩しさだ。

　白星さんはその必勝のジンクスを差し引いたとしても女神だった。

　どういう事かというと、まずそれはもう可愛《かわい》い女の子だったりする。

　いつもわくわく楽しそうに輝く二つの恒星のような大きな瞳、生命力にあふれた瑞々《みずみず》しい白い肌、風にきらめく小麦畑のように陽光に透けると金色を帯びる髪。それに細い身体だけど、出るべきところには奇跡の果実が実ったような完璧な体形。

　身体の部位一つ一つに神々しさの宿る、白星さんはそんな破格の美少女だった。

「みんな、いつも練習お疲れさま！　大会も頑張ってね！」

　後光すらさしているんじゃないかって白星さんの笑みに、野球部全員がため息をつく。

「去年の優勝したとこに勝ったらうちが優勝？　優勝したら甲子園？　えへへ、わたし、甲子園に応援行ってみたいなあ」

「「か、必ず連れていきます！（びしっ）」」

「わ、わわわわわ！　な、なんで敬礼するの⁉」

　激励をもらって感極まったせいか野球部全員が一斉に敬礼していた。でも白星さんは目をぐるぐるさせて逆に恐縮しているみたいだった。

白星《しらほし》さんは美少女なのに加えて、誰にも分け隔てなく優しい。

まるで太陽のように周囲を明るくする存在で、そんなわけで白星さんは勝利のジンクスがあろうとなかろうとそれだけで女神なのだ。

もちろん校内男子の多くが白星さんに好意を持つ。しかし、太陽に手は届かないといわんばかりに白星さんと付き合えた人間はいない。それどころかある理由により、男子は白星さんに近づくことすらままならないのだ。

「そ、それじゃあ白星、書かせてもらうけど……い、いいか？」

「うん！　もちろん！　はい、どーぞ」

マジックを持つ野球部の佐川《さがわ》君に華奢《きゃしゃ》で柔《やわ》らかそうな手を差し出す白星さん。普通ならここで○大会×回戦勝利、と書いて終わりだけど――。

男子の部活だと、ここからが難しいのだ。

「ストップストップ！　あああ油断も隙もあったもんじゃないわストップ！」

甲高い声。気づくと教室入口に小さな女の子がいた。

「もうなに⁉　このムキムキボウズたちはなんで勝手に願掛けしようとしてんの⁉」

割り込んできたのは、うちのクラスの猪熊《いのくま》みりあさんだった。

白星さんの幼馴染《おさななじみ》で親友。つやめく髪をツインテールにさせて、陶器のように真っ白な肌、そして宝石のように華やかな光を放つ大きな目。小さな体と相まって外国のお人形さんみたいな可愛《かわい》らしい女の子だった。

ただし可愛らしいのは外見だけだ。

猪熊さんは——超が一〇〇個つくくらいの『男嫌い』だった。

「もうほんとなに⁉　部活の勝利だとか何とか言って実は絵馬《えま》の手に触りたいだけなんでしょ⁉　そうやって絵馬の手の感触をねっぷり味わった後に自分の体のあれやこれやのいろんなトコに擦り付けるつもりなんでしょ⁉　あああもう完全に性犯罪者じゃない！　この痴漢！　ヘンタイ！　エロ猿ーっ！」

小さい体に可愛い声でとんでもない台詞《せりふ》を叫びながらツインテールの頭をイヤイヤしてぶんぶんぶんぶん振り回す猪熊さん。いつもの猪熊さんだ。

佐川君が「ち、違」と反論しようとするけど、こう火が付くと猪熊さんは止まらない。燃料代わりに妄想に妄想を重ね、相手の男を焼き尽くすまで炎上する。

「ま、待ってくれ！　俺たちは白星さんに願掛けのお願いをしようとしただけで……」

「このイガグリスケベザル！　言い訳はいいの！　言っておくけどそれが本当だとしてもあたしは絶対に『反対』なんだから！　そもそも野球部なんて嫌いなの！　その坊主頭にほっそい眉毛がイヤなの！　それ自体は許せるけどみんな同じっていまだに軍隊みたいに泥臭いノリがあたしの美的感覚からはぜったいに受け入れられないのーっ！」

炎上からの美的感覚、そんな言葉を口にする猪熊さんだけど、実は彼女はファッション誌の読者モデルだったりする。きちっと手入れされた髪やメイク、お洒落《しゃれ》に着こなしたカーディガンやその他もろもろ、他の女子とは何というか佇《たたず》まいのレベルが違う。髪の一本や爪の先までが全部完璧に整っている。

まあ、それはそうと野球部が嫌いだとしてもその理由がおかしすぎるんだけど！

「み、みりあちゃん、言いすぎだってば。わたしは別にいいんだけど……」

さすが優しい白星《しらほし》さんだった。困り顔で猪熊《いのくま》さんをたしなめている。

「だーめ！　去年なんか絵馬《えま》ってば女子みんなの依頼を受けて手のひらがいつも真っ黒だったじゃない。だからわたし達《たち》の『会議』で人を選ぼうって決めたはずでしょ？」

そう。そんな経緯があって白星さんの願掛けには取り決めがある。

白星絵馬といつも一緒にいるその親友二人、計三人での話し合いである『白星会議』で多数決を通った部活だけが願掛けを許されるのだ。

しかし、白星さんは相手が誰でもいつでも賛成。実質ほか二人どちらかの賛成票を得られれば権利獲得となる。その一人は絶賛反対中の猪熊さん、そしてもう一人は――。

「ふふ、驚いてしまうわ。私とみりあが席を外している間に、絵馬を狙ってなし崩しに押し切ろうとするだなんて」

鈴を転がすような澄んだ声。歩いてきたのは長い黒髪のすらりとした女の子。

「え、エレナ。ちょっとお願い。みりあちゃんがまた反対してるの」

鷹見《たかみ》エレナ。彼女が二人目だ。同じく白星さんの幼馴染《おさななじみ》で親友。

そんな鷹見さんは白星さんの近くの椅子に座り、黒ストッキングに包まれた長い足を組む。そうして夜空が溶け込んだような長い黒髪をかきあげ、吸い込まれそうな光を放つ切れ長の瞳を野球部の面々に向ける。

類は友を呼ぶ。鷹見さんもそれはそれは可愛《かわい》い。去年の学園祭のミスコンでは一緒に出たモデルの猪熊さんを差し置いて一位だ。白星さんや猪熊さんの明るい雰囲気とは違う、夜空に浮かぶ月のように神秘的な美人だった。

「ふふ、まあいいわ。臨時の白星会議ということね。さて、次週の正式会議も待たずこんな風《ふう》に強引かつ厚顔無恥に依頼してきた理由は何？」

「その……一回戦の相手が強豪なんだが、さすがに一回戦負けは避けたいというか。それにいっつも正式な会議じゃ認めてくれないしそのうち大会終わってるし……ぶつぶつ」

「なるほど、分かったわ」

鷹見さんの賛成を得られれば見事権利獲得となるので佐川《さがわ》君の顔が明るくなった。

しかし一転、鷹見さんが悪戯《いたずら》っぽい笑みを浮かべる。

「でも頼み方というものがあるじゃない。私はそもそも絵馬の身体に落書きをするだなんて行為はいまだに良い事だとは思っていないの。だから私から賛成の言葉を引き出すならば、それなりの誠意を見せてもらわないと」

「せ、誠意？」

「ふふ、そうね――床に寝転がってお腹《なか》を見せながら、服従のポーズでワンと鳴く、なんてどうかしら？」

「ち、ちょっと、エレナ！　だめだってばあ！」

白星《しらほし》さんがあわあわしながら止めるけど、鷹見《たかみ》さんは邪悪な笑みを崩さない。

「ふふ、ルールの守れない者に人間扱いなんて贅沢《ぜいたく》でしょう？　ワンちゃんとしてしつけ直してあげないと」

確かに最初に白星会議のルールを破ったのは野球部だった。にしても要求がハードすぎるのだけど、鷹見さんも猪熊《いのくま》さんと同じく相当な男嫌いなのだった。

佐川《さがわ》君はこの屈辱的な要求に「ぐぐ……」と歯噛《はが》みしている。

しかしその背後では野球部の後輩たちが「先輩、オレがやります」「むしろ俺が」「ワンちゃん……しつけ……ううっ」「はあはあ、あの汚物を見下す目線やっべぇ……」と押し合いへし合いしていた。

何というか……けっこういるのだ、鷹見さんに罵られるのをご褒美と考える勢力が。

ところが鷹見さんは欲しがりには興味はないと言わんばかりに、その視線を佐川君に向け続けている。

無言の圧力。しばらくすると佐川君が「ぐ……」と呻《うめ》いて、とうとう床に膝をつき、

「オラアアアアアアアっ！　これでいいだろ⁉」

やけくそ気味に寝転がって、服従のポーズをぶちかましていた。

白星さんが「わ、わわわ……！」と目を白黒させて慌てている。

対する鷹見さんはくすくすと悪魔のように笑い——。

「嫌よ」

「ふ、ふざけるな、いう通りにやったじゃないか！」

「ふふ、知っている？　例えば、女の子に謝れと言われてもただ単純に謝ってはいけないの。そこに理解や共感の態度がなければ額面通りの謝罪など逆効果でさえある。つまり私は、服従のポーズをしろとは言ったけど唯々諾々と服従する姿は見たくなかった、という事なの。分かる？　女の子の言葉は貴方《あなた》が思うより複雑なものよ」

「な……なんだそりゃ」

鷹見さんは時々ものすごく難しい言葉で男を煙に巻く。そんな鷹見さんは高校生にしてプロの小説家だった。主に女性向けの恋愛小説を書いていて、たまに本屋で平積みされている。書評では、高校生にして複雑な男女の機微を書く鬼才と言われているらしい。

それはそうと白星会議は野球部の申請を否決した。というか、この二人の男嫌いが原因で、そもそも男子の部活が白星さんの手に願い事を書けたこと自体がないのだった。

そして、白星さんになかなか彼氏ができないのもこのせいといわれている。白星さん自身は女神だが、神社の狛犬《こまいぬ》または寺院の金剛力士像よろしく阿吽《あうん》の呼吸で脇を固めるこの親友二人に、男子禁制の聖域を張られてしまうのだ。

そんな一対の絶対守護者を前に、佐川君が「ま、待ってくれ！」と立ち上がった。

「俺たちは！　この試合だけは、死《し》ん──」

「「ストップ」」

猪熊《いのくま》さんと鷹見《たかみ》さんの声が重なる。びし、と制する手の動作もだ。その気迫は教室全体の空気を凍らせるほどで、さすがの佐川《さがわ》君も言葉を止めてしまった。

「終わりよエロ猿」「そうね、普通に頑張ればいいのよ」

なぜだか緊迫感すら漂っていたけれど、これにて臨時の白星《しらほし》会議は終了。

だけど、今回ばかりは野球部も簡単に引き下がらなかった。

「うるせえええええええ！　いいから書かせろやあああああああ！」

ぶっちーんと何かが切れる音とともに、佐川君がマジックを持った手を振りかぶって大ジャンプ。そのままダイブするように白星さんの方へ跳びかかっていく。

「本性出たんじゃないこのエロ猿！　――六丁ハサミっ！」

そこに猪熊さんが立ちはだかった。その手にはどこからともなく取り出した片手に三つずつ、計六本のハサミ。器用に持ったそれらがじゃきーんと音を立てて――。

そのまま佐川君と猪熊さんが交錯する。すると、跳びかかった佐川君のユニフォームがはらりと切れて、パンツ一枚残した裸で床に墜落してしまった！

「ふふ、貴方《あなた》の頭、ごつごつしてて踏み心地が良くないわ。ねえ謝って？」

ドシャアとうつぶせに転がった半裸の佐川君の頭を、椅子から立ちあがった鷹見さんが超理不尽に片足で踏みつけている。その様子を「ああ、くっそ、先輩だけずりい」「やべえよ虫よりも抵抗なく踏んでるよ」「それが……いい」「はあはあ、あの上履きで蹴りまわされてえ……」と野球部数人がひそひそし合っていた。

さておき暴動は鎮圧された。

しかし、鷹見さんに踏みつけられたまま、佐川君がぼそりとつぶやく。

「陽動成功」

はっと振り向いた猪熊さんと鷹見さんの視線の先では、ジャージ姿の野球部女子マネが白星さんに「し、白星せんぱい、ありがとうございます！」「大丈夫！　全然だよ！」。

女子は男嫌いの守護二人のマークをすり抜けやすい。その性質を利用されてどうやらもう事後のようだ。

「え、絵馬《えま》！　会議も通ってないのに」

そう猪熊さんが声を上げるけれど、

「——勝てますように。えへへ、頑張ってね」

軽く祈るようにしてから、白星さんがにっこりと笑う。

その笑顔はまるで太陽。ぺかーと周囲に神聖な光が広がるようで、猪熊さんも鷹見さんも野球部も争いを捨てて頬《ほお》を染め、見惚《みほ》れてため息をつくしかなかったのだった。

白星さんは、やっぱり女神だった。


——そんな風《ふう》に、まるでTVを観《み》るように白星さん達《たち》を眺めていた、その時だった。

隣の席の女子、佐藤《さとう》さんの机から消しゴムが落ちてきた。ちょうど僕の椅子の近くに。

来た、と思った。これだけで嫌な気分になる。冷や汗が出てくる。

こうなると、暗い思考の歯車が回りだすんだ。

拾う分にはいい。それはいいんだ。だけどどんな顔をして佐藤《さとう》さんに渡せばいいんだ。佐藤さんはいつも誰かと話している明るい子だ。僕と属性が違いすぎて隣の席なのに話した事もない。僕なんかが渡したらお礼どころか「うわ、こいつが触れた物とか使いづらい」とか思われたりそれで捨てられたら消しゴムも可哀相《かわいそう》だしそれに――。恐怖がぐるぐる噛《か》み合ってさらなる恐怖へ。だから歯車。ぐるぐる。ぐるぐる。

そうしているうちに佐藤さんが普通に気づいて普通に拾った。

安堵《あんど》のため息を一つ。そして、周囲を見渡す。

クラス窓側最後方、つまり教室の隅の隅、誰の視界にも入らない静かな空間。

そこが、僕――亀丸大地《かめまるだいち》の席だ。

僕は伸びてきた髪を撫《な》でつけながら、はるか遠くの教室前方ではしゃぐ白星《しらほし》さんとその親友二人、校内でも別格の存在感を放つ三人にもう一度視線を向ける。

世界はあちらとこちらで光と闇に分かれていた。

幽霊。僕を一言で表すならそれだ。

存在感が薄い、それはもう薄い。二年のクラス替えをしてから、もう何度「あれ？　あんな奴《やつ》いたっけ？」とささやかれたか分からない。それに自動ドアや赤外線のセンサー、スマホの指紋認証すらなかなか反応しない。機械にすら馬鹿にされると、特に開かない自動ドアに激突したりすると消えてしまいたくなりそうなくらい恥ずかしくなる。いやごめんやっぱり無し、これ以上消えてなくなったら困る。

元々そんな人生だったけど、クラス替えをしてからその傾向が加速した。何の因果かこのクラスは白星さんたち三人をはじめこの学年でも華やかな人間ばかりが集まっている。場違いで、誰にも話しかけられない。だから存在しないも同然。

「亀丸くん、ほんとーにごめんなさい！　ちょっとお願いがあるんだけど……」

びっくりした。闇の世界にいきなり光が炸裂《さくれつ》したような感覚。要するに、目の前に白星さんが立っていたのだった。

「か、亀丸くんて生徒会だもんね？　が、学園祭のアンケートが集まって、それで、近くの生徒会の人に渡してって言われたんだけど……い、いいかなあ？」

目を泳がせてわたわたしながらプリントの束を胸に抱きしめている白星さん。机を挟んだ距離なのに、お菓子や果物みたいに甘い女の子の匂いがした。

白星さんは僕の存在を普通に認識している数少ない人間の一人だった。廊下ですれ違えば軽く挨拶だってしてくれる。クラスの業務上の事でも普通に話してくれる。

「あ、うん。ぼ、僕が持って行くよ、アンケート」

「ほんと⁉　ありがとー！」

満面の笑みで白星さんがプリントの束を渡してきたので丁重に受け取る。

しかしこのプリントの束、けっこう思いきり胸に押し付けられてたな。あの優しくて謙虚な白星さんの、唯一悪魔のように傲慢《ごうまん》な部位に。

……ええい待て待て、それ以上は考えるな。僕には『あの人』がいるだろうに。

「それと進路希望のプリントなんだけど、先生が『あれ？　一人足りんな』って言ってたけど、たぶん亀丸《かめまる》くんだよね？　プリント配られた時ちょうど風邪で休んでたし」

そう言って進路希望のプリントも渡してくれる。やっぱり白星《しらほし》さんは優しい。というか担任、ちょっとしっかりして欲しい。

僕が「あ、ありがとう」とお礼を返すと、白星さんは「全然だよ！　またね！」と敬礼みたいなポーズをして、たゆんと胸を揺らして席に戻っていった。

白星さんが去ると、僕の周囲はまた闇の世界に戻った。

久しぶりにクラスの人間と会話した、それもあの白星さんと。甘い残り香にまだ気分が浮つく。嬉《うれ》しくて頬《ほお》が緩むけれど僕にはあの人がいる。顔を引き締めろ。

ただ白星さんは必勝の女神だ。会話しただけで運気が上がったような気がして、今日こそはあの人と何かが起こるんじゃないかって期待もしてしまう。

さあ、今日も行こう。あの人の待つ生徒会室に。

深呼吸を一つ。二つ。そしてドアをノックする。ドア越しの「どうぞ」に僕は意を決して生徒会室に入る。部屋に入るだけなのにいまだに緊張する。そして――。

「君か。お疲れ様」

いまだに会った瞬間に固まってしまう。そのきりりとした顔に胸が高鳴る。

獅子神玲花《ししがみれいか》。それが『あの人』の名前だ。

長く瑞々《みずみず》しい黒髪を白のリボンで無造作に縛ったポニーテール。切れ長の瞳にはいつも強い光がある。真っ白な肌に、一見華奢《きゃしゃ》に見える身体だけど、ぴんと伸びた背すじの芯に力強さを感じずにはいられない。

獅子神玲花先輩はそんな凛々《りり》しい感じの美人だ。それに勉強も学校一番のまさに才色兼備を地でいく人。そして、この学校の生徒会長でもある。

「そのプリントは学園祭のアンケートか？　ちょうどよかった、私もいま集計していたところだ。二年生の分を君に任せて良いか？」

短く「は、はい」とだけ返事して先輩からプリントの束を受け取る。そうして僕はいつもの定位置、正方形に並べられた長机の向かい、あの人から一番遠いところに座る。

今日も生徒会の時間が始まった。僕にとっての大切な時間が。

西日が差す中、僕はプリントにある学園祭への要望を紙にまとめていく。

この学校は各種イベントにおいて生徒の裁量が大きい。けれどその分、生徒会の仕事量は異常に多く、そのせいで生徒会に入りたがる人は少ない。

けれど、そんな生徒会に僕が入っている理由は……。

「ふう、今年もまたミスコンに水着審査を入れてほしいという要望が来たぞ」

「は、はは、そうなんですね」

「しかもこれで三〇通目だ。うちの学年の男は馬鹿なのか？　今年は受験生だというのに」

向かいの席で玲花先輩がため息をつく。困り顔も本当に綺麗《きれい》だったけど、やっぱり玲花先輩は真面目な人だ。本当、真面目すぎるくらい真面目な人なんだ。

「そして三一通目『水着を悪者扱いなど言語道断。そもそも古代オリンピアでは全裸にて己の肉体美を誇示しており――』むむ、そういう考えもあるか。歴史を踏まえた美についての根本的な考察、はたして無視して良いのかどうか……」

本気で意見に向かい合う先輩だったけど、たぶんその人は本気で書いていない。

「そして三二通目『ビキニでなく学校指定のスクール水着なら猥褻《わいせつ》ではないはずです！』むむ、確かに授業で使うものなら破廉恥なはずもなく……論理的な破綻は、ない？」

論理的どころか倫理的にだいぶおかしなミスコンになると思いますが……。

「そして三三通目『生徒会長も水着になればいいんです！』わ、私がか!?　なぜだ!?」

というか、いちいち真面目に悩みすぎだった。

ただこれも、玲花先輩のみんなの意見を取り入れようと頑張る優しさの裏返しなのだ。

「か、亀丸《かめまる》くん、君はどう思う？」

いきなり話を振られたのでものすごく焦る。

「今の意見をまとめると、わ、私がスクール水着を着て、くっ……全校集会などで、皆に直談判《じかだんぱん》すべき、という事なのだろうか……!?」

「わあああ、ひ、必要ないと思います！　意見が過半数を超えたら考えましょう!?」

全校生徒一二〇〇人の過半数なのでまず無理だけど、ってそうじゃなくて刻一刻と状況が悪化してた！　どんな羞恥プレイをやらかすつもりなんだ先輩は！

「そ、そうだな。ま、まずはより多くの意見が必要だ。集計に戻ろう」

事態が収束したので一安心。ただ……先輩の水着姿、か。白くしなやかな四肢と曲線、浮かんできた邪《よこしま》な妄想を頭をぶんぶんさせて振り払い、僕も仕事に戻る事にする。

この生徒会に僕が入った理由は、玲花《れいか》先輩だった。

うちの学校の生徒会は会長、副会長、書記、会計は選挙で選ばれる。しかし、前述の通り通常の生徒会より仕事が多く、四人だけではその業務のすべてを回し切れない。なので『雑務』という公募の役職があり、僕はそれに当たるのだった。

──去年の四月、桜の舞う頃。各部活の勧誘合戦が繰り広げられる校舎までの並木道。入学した僕は、他の新入生が勧誘で引き止められる中、持ち前の存在感のなさで全部活からスルーを食らっていた。

そこに現れたのが玲花先輩だった。

『君はもうどこかの部活に所属しているのか？』

『……僕の事が、見えるんですか？』

『何を幽霊のような事を言っている。それよりこちらは生徒会だ。専任の雑務を探している。興味があれば生徒会を紹介したい』

桜吹雪の中、その瞳の中にしっかりと僕を捉え、手を差し出して微笑《ほほえ》んだ先輩に……僕は一瞬で心を奪われてしまったんだ。

それ以降、僕は生徒会の雑務として仕事の日々を送っている。

「……君が生徒会に入ってもう一年が過ぎたか」

玲花先輩のつぶやきに顔を上げる。嬉《うれ》しい。同じ事を考えていただなんて。

「今年は新規の雑務も入らなかった。まあ専任の雑務などそう入るものでもないがな。君のありがたさを実感しているぞ」

「あ、は、はい……」

淡々と返してしまったけど、内心踊りだしたい気分だ。

「それに今年は副会長以下の役職が全員兼部だ。地区大会の始まった最近は、彼女たちもほとんど来られない。まあ、家に仕事を持ち帰ってもらってはいるが、やはり万全の体制とはいえない。はは、本当に君の働きぶりでもっている状態だ」

そう。今年は他の役員が来ないせいで、去年の倍は忙しい。

けれど、そのおかげでずっと二人きりなんだ。

仕事をしながら玲花先輩の真剣な顔をちらりと見る。たまに先輩が話しかけてくれたら合法的にその顔を正面から見つめる。

これだけで本当に充実している。これ以上望むことは何もない。

「……うん、まだまだ先だが、これで私が引退しても、生徒会は安泰だな」

玲花先輩が微笑みながら、急な引退宣言をしだしたのでぎょっとする。

「我が生徒会の伝統だ。雑務上がりの叩《たた》き上げ、前生徒会長の推薦のある者。この条件が揃《そろ》った人間が会長選挙で落選した記録はない。――君が、次期生徒会長だぞ」

「そ、その、僕なんかが……無理です。選挙だって……初の落選になりますよ」

考えもしていなかった玲花《れいか》先輩の語る青写真に心底恐縮する。教室では誰も見向きもしない幽霊《僕》に学校をまとめるなんて真似《まね》ができる訳がない。

と、玲花先輩が大きくため息をついた。席を立ちあがり僕の傍らへ。立ったまま、僕の両肩をがしと掴《つか》んでくる。

「自信を持て。君ならできる」

切れ長の瞳。あの桜吹雪の中で見たのと同じ、まっすぐな光が僕を貫いていた。

「君は、引っ込み思案かもしれないがそれは他者を傷つけまいとする優しさからだ。それに口数の少なさはその分手を動かしているからだ。私は、君を応援しているぞ。君という人間が好きだからな」

玲花先輩は優しい人だ。この『好き』は告白的な意味でないと知っているけど、先輩の突き抜けた真面目さと真摯な言葉に、本当に嬉《うれ》しくて救われた気持ちになる。

先輩の事が好きだ。

それは確かにそう思う。でも先輩と僕との距離はあまりに遠い。かたや教室の隅にいる幽霊、かたや才色兼備の完璧超人。どう見たって釣り合わないし、それに――。

「さて仕事に戻ろう。ああ、忙しいな。『あの人』だったらこんな仕事は倍の速度で終わらせてしまうだろうに」

玲花先輩が視線を向けた先には、生徒会室の本棚に飾られた写真立て。

そこには僕と玲花先輩と去年の生徒会の面々と、それに囲まれた『あの人』がいた。

坂町寅司《さかまちとらじ》。前生徒会長。前年度卒業生。

細身で長身。飄々《ひょうひょう》としていつも穏やかな笑顔を浮かべている先輩だった。

玲花先輩は完璧超人とよく謳《うた》われているが、坂町先輩は宇宙人と呼ばれていた。

テストの成績は満点か、遅刻もしくは居眠りで0点のどちらか。数学オリンピックのメダリスト。近くの大学の理系の研究室に出入りして何かの学会発表もしていたらしい。

生徒会においては、ふらりと現れてものすごい集中力と速度で仕事を終わらせたかと思えばまたふらりと去っていく、神出鬼没の生徒会長。

そんな坂町先輩は卒業後にアメリカの大学に行った。最後まで訳の分からない人だった。

「ふふ、あの人は今ごろ何をしているのだろうな……」

玲花先輩が少しだけ寂しそうに目を細め、窓の外の青空を見上げた。

――僕は玲花先輩が好きだ。でも僕の呼ぶ『あの人』と玲花先輩の呼ぶ『あの人』は決定的に違っていたのだった。


夕暮れの廊下を歩く。

玲花先輩はもう少し仕事をしてから帰るらしい。僕はといえば、玲花先輩のあの写真立てへ向ける寂しげな目に居たたまれなくなって、いつもの時間通りに生徒会室を出た。

去年から気づいてはいた。玲花《れいか》先輩の視線の先にはいつも坂町《さかまち》先輩がいる事に。けれど肝心の坂町先輩はもうアメリカに行ってしまった。正直な話ほっとしている。このまま時間が解決してくれるんじゃないかって、卑怯《ひきょう》にもそう期待してしまう。

「…………あ」

階段を下りる直前、何かを忘れたような気がして立ち止まる。

そうだ白星《しらほし》さんが渡してくれた進路指導のプリントだ。仕事の合間に書こうと思ってい

たのに、アンケートの横に置いたまま忘れてしまっていた。

とりあえず廊下を戻る事にする。面倒だったけど、帰る前にもう一度玲花先輩の顔を見

られるのは単純に嬉《うれ》しい。

足取りも軽く生徒会室前へ。すると、ドアのガラスから先輩の姿が見えた。

――写真立てを抱きしめる玲花先輩の姿が。

「せ、ぱ――」

読唇術なんか使えなくても、何をつぶやいたのかはっきりわかった。

夕暮れの生徒会室。赤く照らされた先輩のその腕の中には、まるでここにいるはずのな

い坂町先輩がいるようで、それを愛《いと》おしそうに抱きしめる先輩は、すごく綺麗《きれい》で。

すると急に夢から覚めた気分になって、残酷な現実に気づいてしまう。

あの人の心の中に僕の居場所はない。

それはそもそも坂町先輩がいなくたって同じ。僕が先輩の隣にいても釣り合わない、生

徒会室で二人きりになったって簡単な会話すら成り立っていない。

何が時間が解決だ。解決したって僕は僕のまま。先輩が好きになってくれるなんてあるはずがない。それなのになんで期待していたんだ。なんで分不相応な夢を見ているんだ。なんでこんなに……悲しい気持ちになるんだ。

「……幽霊の、くせに」

諦めていたつもりだったからこそ、見て見ぬふりのできた先輩との距離。

でも、いったん本当の気持ちに気づくと、あまりの距離に今さら絶望する。

悲しくて、悔しくて、気づくと僕は走っていた。

校舎を出て夕日の帰り道を走る。涙で視界がぼやける中、人気《ひとけ》のない国道の坂を走る。

もう何もかもが嫌だった。自分の姿も、暗くて口下手な性格も、生徒会室から泣きながら逃げ出した意気地のなさも。

思考の歯車が加速する。大小の歯車が噛《か》み合い、心を暗闇の底に沈ませる。

話しかけたい想《おも》いを伝えたい。でもこんな自分じゃダメだって自分が一番理解してる。

変わりたくてもこんな自分じゃ変われない、変われるはずがない。自己嫌悪、本当に嫌だ
自分が死ぬほど嫌いだ――。

絶望。死んでしまいたい。今まで生きてきた中で一番強く、そう思った。

その時だった。

「あ……ま……待って！　……ま」

僕の足元を小さな影がすり抜けていく。その影を目で追うとリードをつけた犬。反対側を振り返ると、遠くから大声を上げて必死に追いかけてくる女の子の姿。

もう一度犬の方に視線を向ける。軽トラックとクラクション。

何というか、死にたいって思うと本当に恐怖感が麻痺《まひ》するようで、僕は何のためらいもなく駆け出していた。

急ブレーキの音に硬直する犬。それを滑り込むように抱きかかえて――。

そこからは覚えていない。

「あわわ……たいへ……呼吸が……まりそう！」

途切れ途切れに聞こえる、女の子の声。そして唇になんだか柔《やわ》らかい感触がした。


お菓子や果物の甘い匂い。ぬくぬくと温かい気配。まるで暖炉の前でうつらうつらと眠りこけて、はっと気づくような感覚。そうして目を開けると……。

美少女の顔が視界いっぱいに広がっていた。

「へ？　へ？？？？　は？」

突然の事に変な声が出る。暖炉の前でいきなり尻を蹴られて火の中に突っ込んだみたいに驚く。だって、キスしそうな距離までその子の顔が迫っていたからだ。

「お、起きた？　大丈夫⁉　やっと目が覚めたんだね⁉」

そういえば僕は犬を抱いて道に転がったはずだけど今ここはどこだとか犬は助かったの

か体は無事なのかとか、そういう事を全部ふっとばしてパニックだ。

至近距離には二つの恒星。日輪のように輝く虹彩《こうさい》の、まるで太陽をはめ込んだかのような大きな瞳。そして生命力にあふれた瑞々《みずみず》しい白い肌、一面の小麦畑のように豊かにきらめく髪——あの白星《しらほし》さんが、僕の目の前にいたんだ。

そんな白星さんの瞳がみるみる潤んできたかと思えば、

「うわあああああああん！　よかったああああああああ！」

次の瞬間、その瞳が決壊して、奇跡の果実が僕の呼吸を塞いだ。つまり飛びついてきた白星さんの胸に思い切り抱きしめられてしまったのだった。

「えぐっ！　このまま目を覚まさなかったらどうしようって！　うええ、神様おねがいしますわたし何でもしますからってお祈りしてて！　うえええええええっ！」

「ちょ、待って、く、苦し」

号泣する白星さんの甘い匂いと柔らかい胸に包まれて天国のような感覚だったけど、窒息して本当に天国行きになりそうだったので、無理やり引きはがすことにする。

「ぷ、ぷは、待って、白星さん。まず落ち着いて」

両肩を掴《つか》んで押し離すと、白星さんは少し落ち着いたのか「えぐ、本当に、よかった……」と、僕の体に馬乗りになったまま、ぐしぐしと涙を拭くだけになった。

白星さんはクリーム色のワンピースを着ている。初めて見る私服姿だ。

周囲を見回すと無機質な白い壁、窓の外は夜の暗闇、横になっているのはベッドの上、腕につながった点滴。ここはどうやらどこかの病院の個室らしい。

「その、泣いてるとこごめん……でも、なんで？　なんで白星《しらほし》さんがここにいるの？」

とりあえず率直な疑問をぶつけてみる。すると、白星さんがはっとしてベッドから降りて、窓際にある椅子にわたわたと座った。

「あ、ああ、ごめんなさい！　説明するね！　その……脳震盪《のうしんとう》だったみたい。あとは打撲だけ。お医者さんもよくこれだけで済んだって驚いてた。あとは目が覚めるのを待つだけだって話で、でもなかなか目を覚まさなくて……本当に、よかったあ」

どうやら僕はあの軽トラックにはねられた後に病院に搬送、幸運にも軽傷で済んだらしい。だけど、なぜ白星さんが僕の病室にいるかがまだ分からない。

「そうだ！　あの犬は⁉」

それより大切なことに気づく。結局どうなったんだ⁉

「元気だよ。本当に……ありがとう」

「ありがとう？」

「ご、ごめんね、そこから説明しないとだめだよね。あの子はわたしの犬でペコっていうの。亀丸《かめまる》くんが捨て身であの子を助けて車にはねられたんだよ。それから、わたしが応急処置をしてから救急車を呼んで……」

涙目で微笑《ほほえ》みながら、ぽつぽつと語る白星さん。

あの犬の無事に安堵《あんど》しつつ、これまでの経緯を完全に把握する。あの犬を追いかけていた女の子は白星さんだったのか。

「うう、こんなケガまでしてペコを助けてくれてありがとう。そしてごめんね。わたしがもっとしっかりリードを握ってたら、亀丸くんをこんな目にあわさずに済んだのに」

「い、いや、偶然の事故だし、しょうがないよ」

何はともあれ一件落着だった。あとは退院するだけだと思うけどいつ帰れるんだろ。と、白星さんがなにやらもじもじとしているのに気づいた。

「そ、そのっ、何かお礼をさせてほしいの！」

かしこまったお礼の提案。優しい白星さんらしいと思った。

「だ、大丈夫。気持ちだけで十分だよ」

「だめ！　ペコは私の家族だから、感謝の言葉だけじゃ足りないって思うの！」

「い、いやそれでも」

「そ、その、なんでもするよ⁉」

ベッドに身を乗り出した白星さんが、胸をたゆんと揺らしながら言った『なんでも』。

その言葉の危険な響きに思わず唾を飲む。

「ほんとになんでもだよ！　お小遣いとかそんなにもらってないからお金だと難しいけど……それ以外のお願いならなんでも聞こうって思ってるの！」

「い、いや、だからお礼なんて」

「ほ、ほしいのっ！　なんでも命令聞くし、好きなことといっぱい言ってほしいのっ！」

うう、無邪気な顔をして、なんて言葉遣いが不用心な子なんだ！

それに白星《しらほし》さんに命令なんて事は問題外として、僕自身もかなり白星さんに迷惑をかけてしまったことは事実であって。……だから、お礼なんていらないんだ。

「本当にいいんだ。僕の方こそ謝りたいから」

「待って！　だめ！　謝るのはこっちの方だよ！」

やっぱり白星さんは優しい。けれど、僕が謝罪したい気持ちは確かにあるんだ。本当にごめんと思う。本当に白星さんに迷惑をかけてしまったと思っている。

なぜかって――。

「いや、本当に白星さんに謝りたいんだ。僕は……あの時そのまま『死ねばよかった』って思ってて、それなのにわざわざ白星さんの手を煩わせちゃったからさ、はは」

ぽつりとつぶやいた言葉は、涼しい病室の中、妙に響いた。

窓の暗闇から湿った空気の気配がする。遠くからごろごろと雷鳴が聞こえてきた。

今の『死ねばよかった』って台詞《せりふ》は白星さんの近くにいるっていう非日常から、柄にもなく冗談めかしてこぼれ出た言葉だった。

でも、半分は本心だ。

目覚めてから状況を把握するうちに、また写真立てを抱きしめる玲花《れいか》先輩の姿を思い出してしまった。思い返せばトラックの件だって泣きっ面に蜂で神様にあざ笑われているようで、世界全部から否定されてる気分だった。助かってよかったのか本当はあのまま死んだ方が楽だったんじゃあそうだ僕みたいな幽霊なんていていてもいなくても一緒——。

「ねえ……なにか悩みでもあるの？」

白星さんの声にはっと気づく。椅子に座ってうつむいた白星さん、その表情は分からない。だけど、なぜか周囲の空気が張りつめていた。

「いや、その……なんでもない」

困った。変な雰囲気になった。そういえば僕が一応「半分は冗談」って思っていても、白星さんは僕の事情なんか知らないわけだから言葉通り受け取るしかないわけで、もしかすると白星さんにはあまり笑えない感じに聞こえ——。

「教えて」

ぴかり、と雷光が走って、窓際に座る白星さんを背後から照らした。

雨と風の音、そして遠くからの雷鳴が聞こえる。この街の丘にある修道院からの鐘の時報が、まるで警鐘のように鳴り響いている。

白星さんの様子がおかしい。伏せた顔を上げもせずに、まるで何かのスイッチが入ったかのように、別人のような剣呑《けんのん》とした空気を身にまとっている。

「教えて、絶対なにかで悩んでる」

「いや、その、何でもな」

「何でもなくない」

追及が止まらない。なんだ白星さんはどうしちゃったんだ⁉

「そんなの、嘘《うそ》だよ。だったら……」

やっと白星《しらほし》さんが顔を上げた。すると、その顔は――。

涙の滝があふれてもうめちゃくちゃダダ漏れだった。

「だっだらなんでじぬなんて言うのうえええん！」

「え？　ええ!?」

「だっで悲しすぎるよなんでぞんな事言うのばかー！　びええええええええええ！」

「ちょ、白星さん、な、泣きすぎ泣きすぎ！」

「だっでうちのペコを助けてくれだ人なのにうええええええええええん！」

雨も雷鳴も何もかも、天地ごとひっくりかえすような宇宙開闢《かいびゃく》の大爆発のような、そんな泣きっぷりだった。

「なんだなんだどうしたどうした」

あまりの泣きっぷりに、病室にお医者さんが何人もぞろぞろ駆け込んできた。

「だっでカレが、死んでもよかっだっていうんでずうえええええええ！」

僕を指さして医者軍団にそう訴える白星さん。

「なんだ痴情のもつれか」「それで自殺未遂の事故？」「青春てやつ？」「こりゃ手術が必

要だ」「とりあえず元気だから退院な」

　ものすごい誤解を招いているようだけど、医者軍団は意識を取り戻した僕の様子を確認するとまたぞろぞろと部屋から出て行った。

　あとに残されたのは僕と、ぐずる白星さん。

「教えて……」

「そんな、教えろって言っても……」

「ひう、だって、死にそうなくらい悩んでることがあるんでしょ？」

「で、でも、ほら、本当に個人的な事だから」

　暗に悩み事がある事を認めてしまった。でもあれは人に話すには恥ずかしすぎる話だ。

「ひぐ、ごめん……触れられたくない事ってあるよね」

「う、うん。本当に個人的な事だから。気持ちだけ感謝するよ」

　やっと諦めてくれた。もともと白星さんは気配りのできる子でもあるし、さすがに空気を読んで理解してくれたみたいだ。

「でも話じてほしいの聞きたいのうぇえええええええ！」

「ひいいい全然理解してなかった！」

「だってで、ひぐ、ここでお礼をしてバイバイしてもペコを助けてくれた人がそんな風《ふう》にずっと悩んでるって思うと、ひう、わたしだって嫌なの胸が痛くなるのうぇえええん！」

　白星さんは女神のように優しいとは聞いていたけど、ここまで優しさを猛突進させる女の子だなんて初めて知った。明らかにやりすぎで、こっちはかわすのに精いっぱいだ。

ただ、ここまで人の事で泣けるってある意味すごい。それは単純に思う。

それに、何故《なぜ》だかだんだんと追い詰められていく予感もしていたんだ。

「ひぐ、だって……！　悩み事って抱え込むものじゃない、誰かに話した方がぜったい楽だよ……!?　それに、一人じゃ解決できないから悩んでるんでしょ？」

「それは……」

「それに、わたし知ってるの。人って本当に悩むと、辛《つら》くて悲しくて、自分が嫌になってもっと落ち込んで、疲れて何もできなくなって――倒れたまま、死んじゃいたくなるって」

――今の僕の気持ちが、なんで分かるんだ。

ただ泣いてわめいて周囲に散らばすだけだった白星《しらほし》さんの言葉がいきなり収束して正鵠《せいこく》を射る。油断していたぶん息が止まりそうになる。

「だからそういう時は誰かの手を取った方がぜったいにいい。話すだけでも違う。それに……それは逃げじゃない。誰かの手を借りるってすごく勇気がいることだから。わたしは、亀丸《かめまる》くんがそんな勇気を出してくれたら、わたしは……！」

僕は思った。こんな人間見たことない。

普通なら言ってて恥ずかしくなるような言葉を――少しでも下心や裏があれば欺瞞《ぎまん》にしか聞こえないからこそ、多くの人が口に出すにはためらう言葉を――一切の迷いない純度で放つ、極陽の人間。

そんな圧倒的な熱に当てられると、偏屈なこだわりが丸ごと溶かされるみたいだった。

二つの恒星。涙で煌《きら》めく白星さんの瞳が、まっすぐに僕を見つめている。

「その、わたし、ぜったいに秘密は守るし」

「そこは心配してないよ。…………白星さんなら」

もう完敗だった。そもそも女神の手のひらから逃げるだなんてどだい無理だったんだ。

「僕には、その……好きな人がいるんだ」


夜の帳《とばり》が降りていく。

病室の窓からは先ほどの雨は何だったのかと思うくらいの雲一つない星空。そんな宝石をぶちまけたかのような空を背景に、その中でも最も大きな二つの恒星、白星さんの瞳がいっそう輝きだした。

「わあ…………！」

ベッドに手をついた白星さんの上気した顔が僕の至近距離にある。

僕は話した。話さざるを得なかったというべきか。もちろん玲花《れいか》先輩の事だ。

入学式での出会い。それから今までずっと好きだった事。けれども何もできず見ているしかできない事。それに先輩には別の好きな人がいるらしい事。

一通り語り終わって、気づくと白星さんが僕に大接近していたのだった。

「なにそれすごい」

涙に濡《ぬ》れた切なそうな目から一転、わくわくしてしょうがないという風《ふう》に目を見開き、甘い匂いをさせながら白星《しらほし》さんがにじり寄ってくる。

「すごい！　すてき！　だって、ずっとずっと好きだったんでしょ⁉」

「あ、あ……うん」

「わたしって恋愛って感じで人を好きになった事なくて！　だからそういうの憧れてるの！　それにずっと想《おも》いを抱えていたっていうのがすごく健気《けなげ》で！　すてき！」

幽霊の一方的な暗い恋も、白星さんの光に当てられるとまるでおおげさな恋物語だ。

「ま、待って、白星さん……待って」

「え？　あ、ああ！　ごめん！　ちょっと興奮しすぎたかも！」

「待って、本当に、そんなんじゃないんだ……」

僕は否定する。だって僕の恋はそんなんじゃない。勝率０％。分不相応で、この垂れた前髪の間からただ空の星を見上げるだけみたいな行為なんだ。

ところが、白星さんはきょとんとした顔で首をかしげている。

「そんなんじゃないって、どういう事？」

「いや、その、僕なんて玲花《れいか》先輩から見たら全然だし、その、だからそんなんじゃ……」

「じゃあ、なにがそんなんじゃなくないって事なの？」

白星さんの問いに、僕も首をかしげる。

「ええとね、わたしが言いたいのはね、そんなんじゃないの反対だから、じゃなくないない？　ないないない？　あわわわわワケわかんなくなってきた……！」

目をぐるぐる大混乱な白星さんだったけど、発言をさかのぼると、とりあえず僕が何に対して『そんなんじゃない』と言ったかといえば、

「だから、僕の気持ちは白星さんのいうような『すてき』なものじゃないんだ」

「そう、それ！　わたし、それが言いたかったの！」

そうして、また僕の顔をじっと見つめてくる白星さん。

「だからね、亀丸《かめまる》くんにとって何がすてきな恋だと思うの？」

質問の形が定まると、さっきとは別のベクトルで頭を使うモノになった。

「ええと、僕の思う『すてき』か。……例えばドラマとか小説とか、現実なら最低限恋愛が成り立つ普通の人どうしの恋愛にすてきって言葉は使うべきというか」

「………なんで？」

ここからは、白星さんの問いの意味自体が分からない。

困惑する僕の目の前で、白星さんの瞳がまた潤んできた。

「亀丸くんにとっての普通がわたしには分からない。でも……そんなの悲しいよ」

悲しい、の意味が分からず一瞬困惑したけれど、

「だって『普通』なんて価値観とか気の持ちようでいくらでも変わる、そんな実際は存在してるかだって怪しい普通を心の中に作って、その普通より自分が駄目だからって落ち込んで。それって自分で自分を傷つけてるみたいで……なんだか悲しいよ」

「それは……でも、実際そうなんだから仕方ないんだ」

「だから、そんな事言わないで？　――気持ちに優劣なんてない。誰かと比べるものじゃない。亀丸《かめまる》くんの獅子神《ししがみ》先輩を好きだって気持ちは亀丸くんだけのもので、その気持ちの持ち主の亀丸くん自身が、きちんとすてきだって信じてあげてほしいな、って」

白星《しらほし》さんは本当に優しい子だ。僕を力づけたいんだって気持ちがひしひしと伝わってくる。でも、気持ちはありがたいけど、厳しい現実はそう簡単に覆せないわけで。

「僕だってそう思いたい。だけど客観的に見て僕なんか玲花《れいか》先輩と絶対に釣り合わない。本当に笑えてきちゃうくらいの差が――」

「だったら、わたしは笑わない」

きっぱりと白星さんがそう言った。

「誰かに笑われるかもしれないって思うなら、わたしだけは笑わない」

思わず頬《ほお》がほころぶ。

白星さんが言った通り、話を聞いてもらって本当に良かった。

確かに抱えていたものを吐き出すだけでも気持ちが軽くなる。それに、この世界で誰か一人、形だけでも僕を肯定してくれる人がいたって事実が、素直に嬉《うれ》しい。

「ありがとう白星さん、その、大げさじゃなくて白星さんと話して気持ちが楽になったよ」

本当に感謝だ。これで明日からは少しは割り切れた気持ちで毎日を送れる。

「うん！　それじゃあ明日から頑張ろうね！」

僕が目をぱちくりさせていると、ぷるんと胸を揺らしながら元気に腕を突き上げていた白星さんが、その姿勢のまま首をひねった。


「うん……ありがとう」

「うん！　それじゃあまず何からしていこっか？　一緒にがんばろー！　おー！」

「うん……ん？　え？」

「え？　亀丸くんが獅子神先輩と付き合えるようにわたしが協力するから、これから二人でいろいろ頑張っていこうって話だったよね？」

「全然そんな話してなかったと思うけどなあ!?」

「話を聞かせてくれた時点でそうだと思ってたんだけど、違うの？」

なんて超解釈だ。それに白星さんが、僕に協力？

「だって亀丸くんは獅子神先輩と付き合いたいんでしょう？」

「それは、できたらそうしたいけど……」

「うんうん！　だから手伝うよ！」

白星さんがむふーと鼻息荒く目をキラキラさせている。

困った。どう見たって無謀で無茶《むちゃ》なこの件に、白星さんが本気で踏み込んでくる。

「ぼ、僕なら大丈夫だよ。そもそもがさ、高望みし過」

「わたし、女の子の視点からいろいろアドバイスできると思うの！」

「その」

「ごめんね！　最初はペコの恩返しだと思ったんだけどなんだか楽しくなってきちゃった！　ああでもすっごく真面目に考えてるから！　だから二人で一緒に頑張ろう⁉」

困った。本当に困った。

でも、玲花《れいか》先輩のことが好きなのは本当だ。

そして付き合いたいと思っていて、それは夜空の星に手を伸ばすみたいって思っていて、死にたくなるくらいそんなのは無理って分かっていて。

だけど白星《しらほし》さんの勢いと熱量といったらまるでロケットだ。それも火の尾を噴いてどこに飛んでいくか分からないどポンコツ、ただしとんでもない爆発力。少なくとも、みじめな今の状況を変えられるんじゃないかって、そんな期待だけはできてしまうんだ。

「よろしくねっ！」

白星さんが笑顔で手を差し出してきた。その輝く二つの恒星で僕を捉えながら。

結局、僕は『これ』に弱い。

桜吹雪の中で手を差し出してくれた玲花先輩のように、その瞳でしっかりと僕を見つめてくれる人間には……逆らえないんだ。

「その、白星さんの気持ちは嬉《うれ》しいけど——————本当にダメ元になると思うよ」

「大丈夫！　ぜったいにできるよ！」

こうして、片や幽霊、片や必勝の女神。

僕と白星さんの奇妙な関係が始まったのだった。

第二章　女神スイッチ

「いやー、災難だったねー。災難災難」

テーブルの向かいに座る寮母の羊麻子《ひつじあさこ》さんが呑気《のんき》にそうこぼした。

薄暗く広い寮の食堂、僕は寮母の麻子さんと二人きりで夕食を食べている。

あの病室の一件、白星さんと会話した後すぐに退院となり、寮母の麻子さんが車で迎えに来てくれて現在に至るのだった。

ここはうちの学校、私立星雲《せいうん》学園の学生寮である星見《ほしみ》荘だ。石段を上った小高い丘の上にあって街を一望に収める、それに学校にほど近く通学には最適なロケーション。

築五〇年の木造家屋は二〇室の部屋があるものの、現在の寮生は僕一人。その原因はいろいろあるのだけど、そんな訳で寮母の麻子さんと二人きりの寮生活を送っている。

「あーそうだ、夕食終わったら何する？　アニメ？　ゲーム？　穴掘り？」

古ぼけた壁紙を背に、麻子さんが唐揚げをつまみながら、僕に訊《き》いてきた。

「この状況でなんで穴掘りが出てくるのか分かりませんが……」

「ノリ悪いなー、うんち。あたしは若者が無駄な労働をしている姿が見たいんだ」

「うんちじゃなくて大地《だいち》です。……麻子さんこそノリどころか色々悪いとこあるんじゃないですか。頭とか」

羊麻子《ひつじあさこ》さん。実年齢不明。アラサーともいわれている。野暮《やぼ》ったい眼鏡をかけて、ぼさぼさの髪を適当に縛っている。服もタンクトップに短パンと超適当。日に当たらないせいか肌は白く、運動不足のせいかむちむちとした大人の体形だ。

そんな麻子さんは専任の寮母として寮に住み込み、学校の金でニートのような生活を送っている。一日中寮の自室でだらだら、暇があれば寮の部屋を改造した漫画ゲーム部屋で遊んでいる。そんな人間と、僕は寮で二人きりなのだ。

それよりも夕食後の話だ。正直、アニメだろうが穴掘りだろうがどっちでもいいんだぞんなものは。

「あの……中間テスト近いんで勉強させてくれませんか?」

「えー、高校ごときで勉強なんかしてどうすんのさ」

「それが寮母の発言ですか。だからみんな逃げ出すんですよ」

ここの寮生が僕一人なのはこれが原因だった。麻子さんの気まぐれにみんなが振り回されて寮を出ていくのだ。

夜通しとりあえずアニメ全巻視聴・ゲームの意味不明な縛りプレイならまだいい方で、無駄に穴を掘って埋める、唐突に焼き芋がしたくなったので夏の林でひたすら枯葉を集めさせられる、サイコロの出目は本当に1／6ずつなのかと、何万回もサイコロを振らされる（本当に1／6だった）、日本最速で初日の出を見るために北海道の東端まで車中泊で弾丸ドライブ決行（大みそかに思いついたので津軽海峡に阻まれ御来光）。

もちろん歴代の寮生からは苦情の嵐だったらしいけど……麻子さんの闇の方が深かった。羊麻子。うちの高校の理事長の娘。東大に現役トップ合格し卒業後はなぜか寮の主としてニートと化す。親である理事長も扱いに困っているらしく、生徒やその親の苦情への対応は、新設の寮を建設するという力技に出た。そこにみんな逃げ出したのだ。

そんな中、僕がこの寮にいる理由は、まず一つに新設の寮より寮費が格段に安いからだった。それと……個人的な事情がもう一つ。

「はあ、電池さあ、誰か寮に連れてきてよー。電池が卒業したら遊び相手がいなくなるどころか、さすがに親もこの寮は廃止にするって言っててさー」

「電池じゃなくて大地《だいち》です。いいじゃないですか。ニートから卒業しましょう」

「うぼあー」

「変な鳴き声出さないで下さい」

「鳴き声じゃないやい。断末魔の声だい」

僕がこの寮に居続ける理由。それは麻子さんと一緒にいるのが楽だからだ。

年上の人と一緒にいるのは楽だ。上下の立場がはっきりしているし、話がかみ合わなくても年齢差のせいにできる。こんな僕でも軽い憎まれ口だって叩《たた》ける。むしろ新設の寮でたくさんの同世代の中で過ごす方が怖い。

「いやだー働きたくないー。そうだ結婚でもしようかなー」

「……そんな動機なら相手が可哀相《かわいそう》ですよ」

「でもあたし掃除とか料理とか家事得意だしー、意外にいい嫁になると思うんだよねー」

これは確かに事実で奇行に目をつぶれば麻子《あさこ》さんはこの広い寮を一人で管理していて、料理も美味《おい》しい。ニートと馬鹿にできる感じではない能力の高さが垣間見《かいまみ》える。

「はあ、年収二千万くらいの無口な男、空から落ちてこないかなー」

だけどこの発言だけでもう駄目だと僕にだって分かる。

「この際、顔はどうでもいいーや。ねー大地《だいち》、年収二千万になってよー。そしたらだいしゅきホールドしてあげるからさー」

「げ、げふっ、本当にリアルで味噌汁《みそしる》噴かせないでください……！」

「でもさー大地って絶対彼女とかいないしょ？　ふひひ、ギャルゲーとかだったらこのまま彼女出来なかったらＢＡＤエンドルートであたしのフラグ立つよね」

「じ、自分でＢＡＤエンドって言いますか」

「おろ？　そんなに悪い気してない？」

「し、してます！　だいたい僕が稼げるようになった頃、麻子さんは何歳——あ」

『何歳』の単語の『何さ』のあたりで麻子さんの眼鏡の奥から殺気がビームになって僕を貫いたので言葉を止めようとしたけど……遅かった。

年齢について。それは麻子さんへの唯一にして最悪の禁句だった。

「あ、麻子さん、違うんです。何歳じゃなくて何冊の本を読めば麻子さんのような知性あふれる大人に、あ、待って、待って下さい違ぶるおっ!?」

最後に覚えているのは、格ゲーの超必殺みたいに麻子さんが残像を残しつつ床を滑って僕に接近してくる姿だった。きっと喰《く》らった後に画面が暗転して『天』とか『滅』の文字とともにＫＯされた僕の姿が床に転がったに違いない。


失神から目覚めると暗い自室の天井だった。

今日は散々だった。交通事故の上、麻子さんに普通にメられた。

ただ、それはあの幸運との等価交換だったのかもしれない。

そう思っていたら突然スマホが震えた。病室でスマホに入れた慣れないメッセージアプリ。その唯一のフレンドからのメッセージだ。あの、幸運の女神の。

『明日のお昼、お話があるので、ごはんを食べずに校舎裏山の一本桜にきてください』


校舎を見晴らす裏山には爽やかな風が吹いている。

ここは校舎裏山の頂上にある公園。平日の昼間のせいか人気《ひとけ》の少ない中、点在する遊具の間を通り抜けると、そこには広い草原の丘が広がっていた。

「あ！　こっちこっち！」

白星《しらほし》さんだ。草原に一本だけ生えた大きな葉桜の下で両手をぶんぶん振っている。

近づくと、白星さんの足元にはカラフルなレジャーシートがあった。

「ど、どうしたのこのシートは？」

「うんとね、たまにここでみんなでお弁当食べてるの！」

「し、白星《しらほし》さん、それで何の用なの……？」

レジャーシート、重なった弁当箱。察するに、白星さんとその友達にとって今日がそのお弁当の日なんだろう。そして「たまにここでみんなでお弁当を食べる」の発言。

だから友達が来る前にこちらの用件、玲花《れいか》先輩の件を早く済ませようと、急《せ》かすように僕は聞いたのだけど……。

「え？　亀丸《かめまる》くんと一緒にお弁当食べながらお話しようって思ってたんだけど」

驚いた。友達とじゃなく僕と二人で昼食を食べるって事だったのか。

「ま、待って、白星さん。僕、今日はまだ購買行ってないんだけど」

「大丈夫だよ。だってごはん食べずに来てって言ったもん。はい、これ」

そうやって手渡されたのは重なっていた弁当箱の一つだった。

「これ、ぼ、僕の？」

「そうだよ？　言ってなかったっけ？」

「そ、そういえばそうだったかも。あ……ありがと」

あのメッセージはそういう事だったのか、何となく分かってきたけど、白星さんはいちいち説明不足になりがちな子なんだな。

「うんうん！　それじゃあまずは先に食べよっか！」

笑顔の白星さんが、いそいそと紺のソックスの足をたたんで座る。僕も靴を脱いでシートの上に座る。僕としては先に話を済ませたかったけど、いざ白星さんのお弁当を目の前にすると話どころではない気もしてきたので大人しく従う事にした。

「えへへ、いただきまーす」

白星さんが弁当箱のフタを開ける。と、白星さんの傍らに同じ弁当箱がもう一個あるのに気づいた。もしかして白星さんってけっこう食べる子なんだろうか。

気になったけどまずはお弁当を開けてみる。大きなおにぎり二つにハンバーグと焼き野菜、卵焼き、色彩のバランスのいいお弁当だ。

「か、亀丸くん、それで足りそう？　その、わたし、男の人にお弁当作るのって初めてであんまり量とかわかんなくて！　ああその、お兄ちゃんとかはいるんだけどお兄ちゃんって昼はいつも大学の学食で！　か、家族に男の人いるのにそういうの知らなくて不甲斐《ふがい》ないと思っちゃったらごめんなさいというかあわわわわわわ」

白星さんが目をぐるぐるさせて余計な気苦労をし始めたので、「だ、大丈夫！」と返しておく。僕が足りなかった時のための予備で弁当箱が一つ余計に多いのかとか、お兄さんがいるなんて初耳だとか思ったけど……それよりお弁当だ。

白星さんの手作り。恐らく全校男子垂涎《すいぜん》の品。一つ一つの食材が輝いているみたいで箸をつけづらい、それにこんな弁当をタダでもらっていい訳がないよな後でもう一度お礼して材料費必要か聞いたりしなきゃ、と思いつつ……恐る恐るお弁当を食べる。

美味《おい》しい。

美味《おい》しいけど、何だろう怖い。そもそも白星《しらほし》さんが初めて男子に作ったお弁当なんて僕が食べていいんだろうか。それに漫画でよくある天然なヒロインの子が作るお弁当みたいに白目をむくくらい不味《まず》ければその代償も払えたと思えるのに、普通に美味しい。

「あ、ごはんつぶはっけーん！」

白星さんが無邪気に微笑《ほほえ》みながら僕の唇に指を伸ばして米粒を取る。いきなりの事で心臓が跳ね上がったけど、それより白星さんが足を崩したせいでスカートのすそがめくれて太ももがけっこう際どい所まで見えている。

恥ずかしくなって視線を逸《そ》らすと、丘から見下ろす街の風景が爽やかだった。

天気が良くて風が気持ちいい。何だろう怖い。ほのぼのと幸せすぎて怖い。

でも、これいいな。なんだか彼氏彼女みたいで、って……。

「うわあああああ白星さんこれだめだやばいやつだ早く玲花《れいか》先輩の話をしよう！」

危ない、堕落するところだった！　玲花先輩じゃなくて他の女の子とイチャイチャして幸せな気分になるなんてどうかしてる！

「どうしたの亀丸《かめまる》くん？」

「だから、今日は玲花先輩の話をするために僕を呼んでくれたんでしょ⁉」

「あ、そうだった！」

肝心の白星さんが忘れてどうするんだ……⁉

白星さんが水筒に口をつけて、こほんと一つ咳払《せきばら》い。

「ごめんね！　本題に入るね！　今日は、作戦を考えて来たの！」

「作戦って……玲花先輩の事だよね？」

「そう。昨日してくれた相談についてね、すごくいい手を思いついたから！」

「相談って……なんだっけ？」

昨日病室で話した事なんだろうけど、色々ありすぎてどれの事か分からない。

「ほら、亀丸くんが獅子神《ししがみ》先輩と付き合うために、なんで積極的に話しかけたり、デートに誘ったりできないのか、その一番の理由についてだよ」

思い出した。『それ』は絶望のため息をこぼしながらつぶやいた事だ。

身も蓋もない恥ずかしい相談だった。こちらからもう一度蒸し返すのにためらわざるを得ない。けれど一度口にした事だ。それに……白星さんならきっと笑わない。

そう。僕がそもそもなぜ玲花先輩と仲良くなれないのか、それは――。

「僕が格好《かっこ》良くないから、不細工だから、って事だよね」

ここが一番の問題だった。だから根本的に玲花先輩の隣に立つ資格なんてないって思ってしまうし、話しかけられもしない。

真昼の恒星。うつむいた顔を上げると白星さんの真剣な眼差《まなざ》しがあった。

昨夜に宣言した「わたしだけは笑わない」、その通りに真面目に聞いてくれている。

「……わたしは亀丸くんが不細工だなんて思わないけど、亀丸くんがそうやって悩んでるのは分かったの。なんとなく理解できたよ。わたしの友達にも、そういう子がいたから。

——自分の姿が嫌だ。変わりたくても変われない、どうやったら変われるかも分からないし、その方法すら考えるのも難しいくらい辛《つら》くて悲しくて、立ち上がれない」

その通りだった。自分の姿が嫌だと思う。変わりたいと思う。けれどどうやったら変われるかなんて全く分からない。そして何もできず、そんな自分がさらに嫌いになる。

「だから、わたしに良い考えがあるの！」

そして、白星《しらほし》さんが最高の笑顔を見せて、

「要するに——誰が見てもかっこよくなればいいんだよ！」

最高の無理難題を言い出した。

「格好《かっこ》良くなればいいって言っても……それが問題で」

「だからそれを解決するために助《すけ》っ人《と》を呼んだの！　もうすぐ来ると思うよ！」

「す、助っ人!?」

「そう！　おしゃれの専門家だから信頼していいと思う！」

解決法。その中で提示された第三者の存在に、僕は焦る。

「だ、だめだよ白星さん、玲花《れいか》先輩の事は秘密だって言ったじゃないか」

「大丈夫、その事だけは言わないから。おしゃれの事だけを相談するつもりだよ」

確かにそれさえバレなければいい話ではあるけれどモヤモヤする。というか、さっきの先に食べよっか発言、余ったお弁当箱はその子が加わるってことだったのか。

しかし、困ったな。仮に玲花先輩の件の秘密を守れたとしても、その友達に僕と白星さんの関係を誤解されたり変な噂《うわさ》をたてられたらどうしようとも思ってしまうし。

「わたしは、その、ぜったいに亀丸《かめまる》くんの悩みを解決したくて。でも亀丸くんの外見の何が問題なのかわたしにはよく分からないの。でもその子なら……その子だからぜったいに上手《うま》く出来ると思ってて！　い、一回でいいから会ってみてほしいの！」

ずい、と白星さんが急接近してきて、その輝く双眸《そうぼう》がまた僕を捉える。

この太陽のような瞳が、やっぱり逃げられないって畏れに近い気持ちと、きっと何とかなるんじゃないかって安心感を僕に与えてくれる。

「……分かったよ。白星さんは信用してるし、その友達も信用することにするよ」

「ほんと？　ありがとー！　えへへ、今の信用してるって言葉、嬉《うれ》しかったかも」

頬《ほお》を染めた笑顔の白星さんの顔がさらに迫ってきて焦る。

うう、白星さん、この距離感が雑なのって何とかならないもんかな。白星さんの可愛《かわい》い顔が近づくだけでも緊張するのに、いちいち女の子の甘い匂いがして本当に困る。

「それよりその友達って誰のこと？」

「ええとね……あ！　来た！　おーい！」

白星さんが僕の背後に向かって手をぶんぶん振ったので振り返る。

遠くには人影。目を凝らすと……ツインテールのシルエット。

その時だった。

「きゃあああああああああ！」

悲鳴に視線を戻す。声の主は白星《しらほし》さんだ。

「い、イモムシが落っこちてきたぁ！」

見ると白星さんの制服シャツの突き出した胸に、ひょこりと首をもたげて緑の芋虫が乗っかっていた。ここは大きな葉桜の木の下、恐らく上から落下して来たんだろう。

「と、取ってええええ！　わたし触れないの！」

白星さんが半泣きだったので、僕は急いで芋虫を払おうしたのだけど、

「あ、や、ふ、服の中にぃ！」

僕の手の影に驚いた芋虫が、白星さんのシャツのボタンの隙間からするりと中へ侵入してしまう。ちょっと器用すぎやしないかこの芋虫⁉　それはいいとして白星さんが「わ、わわ、いやーっ！」とシャツのボタンを慌てて外して……。

「お、お願い取ってぇぇ！」

はだけた胸を近づけてきた！　可愛《かわい》らしい黄色のブラに包まれた真っ白な胸の谷間が、その、普通にしっかりと見えてしまっているんだけど……。

い、芋虫を取らないといけない。そ、そうだ取らないといけないんだ。

しかしそのためには、この悪魔の谷間を探索しなければいけないわけで。

「し、白星さん、本当にいい――」「早くお願いぃぃ！」

緊急避難だ。僕は、意を決して手を入れた。

「あ、多分もう少し下！　あ、あ、ん、そこじゃなくて！」

柔《やわ》らかくてさらさらの肌なのに何だか吸い付く。吐息交じりの声が危険すぎる！

雑念を消せこれは人助けだ。よし指先に異物感、やっと捕まえ「や！　ん！　それ違」

「ご、ごご、ごめん！」落ち着け落ち着け、よし今度こそ確実な芋虫の触感――。

「痴漢め、くったばれえええええええええええええええええええ！」

叫び声に振り返ると、揃《そろ》った小さな両足が飛んできた。何が何だか分からなかったけどミサイルみたいな迫力だったので転ぶようにして倒れ込んでかわす。その拍子に、芋虫は手のひらから草むらの中に転がっていった。

目を白黒させながら体を起こすと、近くの地面には同じく倒れ込む制服姿の小さな女の子。多分、この子が僕に向かってドロップキックをかましてきたと思うんだけど……。

「ふ、ふふ……やってくれるじゃない、この痴漢め」

ゆっくりと起き上がってきたのは、つやめくツインテール、そして宝石のように華やかに輝く瞳を持つ、小さな女の子。

白星さんの親友の一人――猪熊《いのくま》みりあさんだった。

「もうなに!?　白昼堂々としかも背後からじゃなくて真正面から痴漢するなんて！」

「い、いや違」

「はい言い訳できませんあたしの目が完全に見てました完全に押し倒してました女の子の証言は証拠の王様です絵馬《えま》の胸を揉《も》むどころか下着の中に手を入れて完全にダイレクトに生で揉んでました！　ああああああもう清々《すがすが》しいくらい完全な性犯罪者じゃない！　この

痴漢！　ヘンタイ！　エロ猿ーっ！」

　ツインテールをぶんぶんぶん振り回しながら猪熊《いのくま》さんが大炎上している。外国の人形みたいに可愛《かわい》い子だけど超絶に男嫌いの猪熊さんだ。さらに親友の白星《しらほし》さんが被害に遭ったと思い込んでいるせいかいつもより爆発している気がする。

「も、もう！　みりあちゃん、これは違うんだってばあ！」

　シャツのボタンを閉めながら、さすがに白星さんがフォローしてくれるけど、

「絵馬《えま》、大丈夫よ。脅されて口止めされてても大丈夫。今からこいつをしっかり痛めつけてから警察に連れていくから……！」

　全然だめだった。しかも両手をカーディガンの懐に突っ込んだと思ったら、しゃきーんとハサミを取り出したぞ!?　それも片手に三本ずつ計六本のハサミを器用に持って構えている。あれはこの前、佐川《さがわ》君のユニフォームを切り裂いた——。

「いいわいいわよ……見たくも触りたくもないけど絵馬のためだもの。この痴漢め、もう悪さが出来ないようにこの六丁ハサミで——去勢してやるんだからっ！」

　最高に据わった目でにらまれた。しかも六本のハサミがぎらりと光って普通に殺気を放っている。というか、女の子が簡単に、その、き、去勢とか言っていいのか!?

「さあ、早く！　早くちんこ出しなさいよ！」

　それどころかド直球のワードを叫び始めたよ！

「だ、だめえええええええええええええ！」

すると、いきなり白星《しらほし》さんが僕の顔にむぎゅうと抱き付いてきた。うう、悪魔の双丘に僕の顔が埋まってる！

「ひいいいい、だめよ絵馬《えま》！　痴漢になんてエサ与えてんのー!?」

「き、去勢だめー！　亀丸《かめまる》くんの赤ちゃんできなくなっちゃうからだめー！」

「きゃあああやめてそんな台詞《せりふ》聞きたくない！　こいつの赤ちゃんなんてだめよ絵馬早く離れてえええ！　ああ、こんな痴漢にほだされて味方するなんて！　これがストックホルム症候群っていうやつなのね……!?　ああああ何て事なの……!?」

単純に僕の未来を心配してくれただけの白星さんの台詞なんだろうけど、聞き方によってはとんでもない意味に聞こえるような気もするなあ!?

「汚された……。あたしの絵馬が汚された……」

炎上から一転、猪熊《いのくま》さんが燃え尽きたように両膝を地面についてうなだれている。

「もう、みりあちゃんったら、わたし毎日きちんとお風呂入ってるんだから汚れてないよお。それよりやっと冷静になってくれた？」

「よごされた……あの痴漢によごされた……」

「もう、亀丸くんは痴漢じゃないもん！　服に入った虫を取ってくれただけだもん！」

白星さんがこれまでの経緯を説明してくれているけど、口から霊魂みたいなものを吐いて真っ白になった猪熊さんの耳に入っているかはかなり怪しい。

と、白星さんが僕の頭を悪魔の抱擁から解放して、天使みたいに微笑《ほほえ》みつつ、

「ここで紹介するね？　みりあちゃんが亀丸くんを格好《かっこ》良くするために手伝ってくれるんだよ」

「…………………え？」

「うんうん、知ってると思うけどみりあちゃんはモデルもやってるから服とかお洒落《しゃれ》に詳しいんだよ！　だから任せてね！」

白星さんは笑顔でそう言うけど、確かにモデルで雑誌によく載っているって聞いたこともあるけど、あの猪熊さんが…………………………………僕を手伝う？

「きいてないわ……えま……」

猪熊さんが真っ白になったまま、かろうじて言語らしきものを発する。

「え？　みりあちゃんに今朝言ったじゃない『お洒落について相談がある』って」

「えまのことじゃなかったの……？」

「あれ？　言ってなかったっけ？　亀丸くんのことだよ！」

「まいかいまいかいせつめいぶそくやめて……」

ああやっぱり白星さんっていつも説明の足りない子なんだな……。

「ごめんね!?　でもきちんと説明すると、みりあちゃんの手で亀丸くんを格好良くしてほしいの！」

「………なんで？」

「そのね！　亀丸くんには好きな――」

「うわあああああああ白星《しらほし》さん！」

「わわわわわわごめん亀丸《かめまる》くん！」

悪気はないんだろうけど油断も隙もあったもんじゃない！　あとでまた玲花《れいか》先輩の事は秘密だってしっかり言っておかないと！

「それはどうでもいいわりゆうなんてどうでもいいの」

壊れたままの猪熊《いのくま》さんがぽつりとそう言う。

「――だってどうせ断るんだから」

と、猪熊さんの目の焦点がきりりと定まり復活した。

「まあいいわ。もういい、とりあえず痴漢の件についてはあとでしっかり絵馬《えま》に説明してもらうから。それは置いておいて、こいつを、格好《かっこ》良くする？」

猪熊さんが僕に近づいてきた。腰に両手を当てて、地面に座りこんだままの僕をじろじろと品定めでもするように睨《にら》みつけて……びしい、とこちらを指さしてくる。

「まず髪！　脂ぎってる！　この歳でこの季節に朝のシャワーを浴びなくていいのは乾燥肌の人間だけよ！　それに爪！　長い！　とにかく不潔よそこにずぼらな人格が透けて見えるじゃない！　そして口も臭い！　歯もきちんと磨けてるか分かったもんじゃないわまるでヘドロの詰まった排水管じゃないの！」

息継ぎもせずに勢いよく罵ってきた。

「はい終わりはい完全に終了！　基本的な身だしなみすらできない人間にお洒落《しゃれ》をする資

格はありませーん以上！」

　ぴしゃりと僕をそう評価する。確かに朝はシャワーしないし、爪もそろそろかなって思ってた時期だけど、歯はきちんと磨いてるつもりなんだけどなあ……。

「え、ええ？　わたしには普通にしか見えないけど……？」

「終わり終わり臭いから終わりさあ来なさい絵馬！　聞きたいことがたくさんあるからこっち来なさい絵馬！」

「きゃ！　ちょっと待って！　あああいやあああ、亀丸くーん！」

　白星さんが猪熊さんに勢いよくずるずると引きずられていく。

「お、お弁当ー！」「あとで！」

　そうやって二人は校舎の方に戻っていってしまったのだった。


夜。自室のベッドの上。昼間のあれは何だったんだと振り返りつつ、そういえば白星さんの周囲には男子禁制の聖域が張られていたのを思い出す。

　白星さんの親友である一対の守護天使、猪熊さんと鷹見《たかみ》さん。

　今までも隠れて白星さんとＬＩＮＥを交換しようとした男子はいたようだけど、見つかるとしつこくその二人のターゲットになって排除されていた。

　僕もその例に漏れず、今後は白星さんと疎遠にならざるを得ないのかもしれない。

　でもまあこれでいい。あの白星さんと一瞬でも仲良くなれた。僕にはそれで十分だ。

それに白星《しらほし》さんの僕を格好《かっこ》良くするだなんて計画はそもそもが非現実的すぎた。あのまま頑張っても二人して空回りするだけできっと上手《うま》くはいかないし――。

その時、枕の横のスマホが震えた。白星さんからのＬＩＮＥだ。

『大丈夫！　わたしにまかせて！』

何だか少しだけ嫌な予感がした。


翌朝。寮の洗面所。

僕は顔を洗って、鏡を見る。そして昨日猪熊《いのくま》さんに言われた事を思い出す。

『まず髪！　脂ぎってる！　この歳でこの季節に朝のシャワーを浴びなくていいのは乾燥肌の人間だけよ！　それに――』

言いたい放題だ。確かに髪は寝癖を水で撫《な》でつけて整えるだけだし、他も時々サボる事はある。でもそこまで気になるものじゃないだろうに。

けれど……玲花《れいか》先輩が気にする人だったら、どうしよう。

実は僕の事を毎日臭いとか汚いとか思っててでも先輩は大人だから我慢しているだけだったりそれに生徒会室に置いてある消臭剤はもしかして僕のため――!?

いったん指摘されるとお馴染《なじ》みの暗い思考がぐるぐる回って気になりだす。

その時、ぴんぽーんと玄関のチャイムが鳴った。

「麻子《あさこ》さん、お客さんですよー」

一階の廊下奥、管理人室に一応声をかけるけど無言。まあ麻子さんがこんな朝早く起きているだなんてあるわけない。なので代わりに僕が玄関に出る事にしたのだけど、

「お、おはよう。亀丸《かめまる》くん」

戸を開けると、朝日を浴びた制服姿の白星さんがいた。

「その、先生から亀丸くんって寮生だって聞いた事があって、来てみたんだけど……と、とりあえずお邪魔します」

白星さんは学校指定のスポーツバッグをぎゅと握って、なにやら緊張した面持ちだった。そうして、そのまま靴を脱いで廊下まで上がってくる。

「ど、どうしたの白星さん、こんな朝早く」

「あのね……」

思いつめたような声。白星さんが大きく息を吸う。そして、

「か、亀丸くんを綺麗《きれい》にしにきました！！！」

理解不能な、とんでもない響きを含む台詞《せりふ》を叫んだ。

白星さんは間髪入れずに持っていたスポーツバッグの中を探る。

そこから取り出したのは、歯ブラシだった。

「し、白星さん、それをどうする気……？」

「だから、その、みりあちゃんを納得させるために、亀丸くんを綺麗にしなきゃいけないから！　ま、まず歯を磨きます！」

震える手に歯ブラシを持って僕に突きつける白星《しらほし》さん。

ええと、まずは猪熊《いのくま》さんの件をまだ諦めてないのは分かった。

でも、僕が寝起きのせいかこれは聞き違いのような気もするけど、まるで白星さんが僕の歯を磨きに来たって聞こえたような……。

「その、どこでもいいから横になって⁉　わたしが磨いてみるから！」

間違いじゃなかった何考えてるんだこんなのおかしすぎる！

「白星さん待った！　じ、自分で磨けるから！」

「自分では気づかない磨き残しとかあるかもだから！　それをみりあちゃんは言ってるかもしれないって思ったの！」

「い、いいい、いや待って、無理、無理だって！」

「は、はい、どーぞ！」

白星さんが廊下に正座する。まさか膝枕で歯を磨くって言ってるんだろうか⁉

全校男子の憧れや夢の詰まった白い枕が僕を待ち構えているけど本当に待ってほしい。

白星さんの持つ歯ブラシがまるで剣先みたいに見えてきたぞ⁉

「んあー、どしたのー？　だれー？」

騒ぎに気づいたのか、麻子《あさこ》さんがタンクトップ姿で玄関にのそのそと歩いてきた。

「寮母の方ですね⁉　二年A組の白星絵馬《えま》です！」

「あ、パクチーと同じクラスなんだ。で、何の用？」

　またわざと名前を間違えながら、お腹《なか》を掻《か》きつつかったるそうな麻子さん。ただ、淡い希望を持たせてくれるなら寮母として白星さんの暴走を止めてほしい所だけど……。

「わたし、亀丸《かめまる》くんの歯を磨きたいんです！」

「んあう？」

「あとは、爪も切って髪も洗って、全体的に身だしなみを整えたいんです！」

　麻子さんのお腹を掻く手が止まって……これ以上ないくらい楽しそうな顔になった。

「ふむふむそれは興味深いあたしも寮母としてこいつの身だしなみへの意識が向上すればいいと常々思ってたんだほらこれでも一応教育に関わる身だからさー」

「ちょっと待って下さい麻子さん！　これ冗談じゃ済まな――」

　言い終わる前に麻子さんの身体が残像を残して僕の背後に回る。完全に油断した！　そのまま羽交い絞めにされ、もろともに仰向《あおむ》けに転がされてしまう。麻子さんの肉感的な胸が背中にこれでもかと押し付けられるけどそれどころじゃない！

「さあ、クラスメイトの子！　思う存分みっがけー！」

「は、はい磨きます！」

「待って白星さん！　おかしい絶対におかしいこんなのぜぶもごごごご」

「えい！　えいえい！　えいえーい！」

　勢いよく僕の歯を磨きだす白星さん。暴れる僕の頭をロックしながら磨いてるせいかまた僕の頭が悪魔の双丘に埋もれてるけど、ってそうじゃない離して！　離してくれ！

「だめ！　暴れちゃだめー！」

ところが白星《しらほし》さんも対抗して全力で抱きしめてくる。後ろに麻子《あさこ》さん、上からは白星さん、そのふかふかの肉の牢獄《ろうごく》に封印され僕は……すべてをあきらめた。

「ふう、終わったー」

やりとげた顔の白星さんの下、口を泡だらけにしながら僕は放心していた。

「その、続けて爪も切ろうと思います！」

ええと……まだ終わってない？

「協力するよまっかせろー！」

「みぎゃああああああああ！」

白星さんが僕の腕を、脚を、関節技みたいに固めて爪を切っていく。白星さんのすべすべの両脚に絡みつかれて、その末端がぱちぱちと音を立てて切られていく。

すべての工程が終了し抜け殻となった僕を後に、白星さんと麻子さんは立ちあがった。

「あー面白かったー！　何だか知らないけど大地《だいち》を懲らしめられたし、面白かったー」

なんなんだ……僕の意志や人権はどこに行ったんだ⁉

「その、わたし、最後に髪を洗いたいんですが」

「あ、大地のやつ逃げたあ！」

白星さんが僕にとどめを刺そうとしているので、僕は即座に起き上がってダッシュ。しかし「だ、だめえ！」と即座に白星さんに背後から抱き付かれてしまった。

「うわあああ、し、白星さん待って！　髪なんてどうやって洗うの!?　まさか一緒にお風呂に入れるわけでもないのに！」

「それは考えてたよ！　しっかり対策してきたから安心して！」

そう言って僕から体を離した白星さんが思い切りよく制服のスカートを下ろした。

待って本当に普通に脱ぐなんて！　と、思っていたら、その下には体育着の短パン。

制服の上もすぽんと脱ぐと、裾がめくれて白いお腹《なか》とへそをちらつかせながら体操服の白Tシャツが現れた。なるほどこれなら服を着たまま濡《ぬ》れても問題ない……。

「って問題あるから！　いまだ全然問題すぎるからやめようよ白星さん!?」

「大丈夫！　下着も全部スポーツバッグの中だし、濡れても体操服だけだからすぐ着替えられるもん！」

ピースしながらもう片方の手で紺のソックスを脱ぎ始める体操服姿の白星さんだったけど、よく見たら本当にの、ノーブ……っていうか、パンツも履いてないの……!?

「ほほうほほぅ、きみきみぃ、えっちだわー」

「きゃあああ寮母さん何するんですか!?」

って、いきなり麻子さんが白星さんの背後から抱き付いて、体操服の胸を一切遠慮なく揉《も》みしだいてるぞ!?

「これはえっちすぎるわー、あたしは悪くないわー」

「や、ちょ、わ、わたしはえっちじゃありません！　早く離してください！」

「きしししし、見るなーどすけべ大地《だいち》ー」

「ど、どすけべはどっちですか⁉　は、早く離してあげてください！」

爽やかな朝なのに、僕の半径二メートルだけ戦場みたいな大混乱だった。

その時だった。ぱーんと勢いよく玄関の引き戸が開いて、みんなが振り向く。

そこには制服姿にツインテール。猪熊《いのくま》さんが立っていた。

「今日はどうしても一緒に登校できないって聞いたから後をつけてみたら途中で見失うしひたすら探し回って泣きそうになったしなんなのほんと……！」

乱れた制服を直しながらぶつぶつと恨み言をつぶやき、一呼吸。そうして、びしい、と白星《しらほし》さんを指さして、

「それより案の定よ。ええほんとに案の定！　絵馬《えま》ってば何してんの⁉」

猪熊さんはしょっぱなから大炎上、朝っぱらから完全に仕上がっていた。

一方の白星さんは体操服姿の素足をもじもじとさせて、

「その……だって、みりあちゃんが身だしなみができない人間はおしゃれする資格なんてないって言うから、わたしはそこから手伝ってあげようって思って……」

「あああ何よそれ完全にやりすぎじゃないの……！」

ただ大炎上しているとはいえ、その指摘は正しい。確かにやりすぎだ。猪熊さんはこの場で僕以外、唯一この状況のおかしさを理解している人間ではあるんだ。

「ああもう、こんなのぜったい『アレ』しかないじゃない……！」

こめかみに手を当てつつ、猪熊さんが僕に向かってじろりと目を細める。

「ねえ、あんた名前何ていうの？」

「みりあちゃん！　同じクラスの亀丸《かめまる》くんだってばあ！」

「この痴漢が⁉　こんなのいたっけ？」

これが幽霊の僕に対する普通の反応だ。慣れっこなので今さら傷つきもしない。

「ま、いっか。それより一つ質問があるの」

猪熊さんが、びしい、と僕を指さして、

「──あんた、悩みがあるでしょ？」

漠然と誰にでも当てはまる様な事を聞いてきた。

「それもかなり深刻な悩み。『死にたい』って思うくらいの」

漠然としたものの姿が具体的に定まってくる。

「その悩みを絵馬に相談して実際に死にたいとこぼした。そうじゃない？」

そうして一昨日の白星さんとの病室の一件をまるで見てきたかのように訊《き》いてくる。

「その通りだけど……」

僕の答えに、猪熊さんが「やっぱり……」と大きくため息をついて、肩を落とした。

「……いいわ、教えてあげる。絵馬って変わった子なの」

「それは、知ってるけど」

僕とのやり取りに「変わってないもん、むー」と頬《ほお》を膨らませた白星さんを、猪熊さんが手をかざして制する。

「変わっているというか、本当に特殊な性質を持っているの。あたしとエレナは、それを『女神スイッチ』と呼んでいるわ」

「女神、すいっち？」

女神といえば、手のひらに願い事を書くジンクスによる白星《しらほし》さんの二つ名・必勝の女神を思いつく。けれどそのスイッチっていったい何のことなんだ？

「——絵馬《えま》はある言葉をキーワードに願いを聞くとそれを叶《かな》えるまで止まらない。発射スイッチを押したロケットみたいに自分のエネルギーを全て推進力に変えて、常識も限界も何もかも無視して突進しちゃうの」

僕が抱いた白星さんの人物像とまるで一緒で、驚く。

「そのある言葉が『死にたい』よ。それか、死んでもとか死ねばよかったでもいい。こんな簡単な言葉で絵馬は誰にでも尽くしちゃうから、あたしたちは、特に男は絶対に絵馬に近づけさせなかったんだけど、ああ、何て事なの……！」

猪熊《いのくま》さんが頭を抱える。すると白星さんがやっぱり頬《ほお》を膨らませて前に出てきた。

「そ、そんな事ないもん！　前からずっと言ってるけど、死にたいくらい困ってる人を助けたいって思うなんて当然でしょ？」

「ほら異常でしょ？　この自分が異常だって爪の先ほども理解できてないところが」

確かに異常だ。つい勢いで僕も慣れてしまっていたけど、普通ここまでしてくれる人間

なんて有り得ないんだ。それにそんな異常があの半分冗談な「死ねばよかった」の言葉だけで引き起こされているだなんて……信じられない。

「絵馬《えま》っていい子なの。いい子すぎるの。だからいくらでも悪用可能なのよね。まあ今回スイッチを押したのが、びびって悪い事が出来なさそうな陰キャのあんたで不幸中の幸いって、今となっては思い直してる」

褒められてる訳じゃないとは理解してるけど、猪熊《いのくま》さんが想像するような悪さについてはする訳ないし、怖くてできない人間だって自覚は確かにある。

「それよりあんたはそのスイッチを押してしまった。こうなるとあたしの動くフェーズとしてはスイッチに近づく敵の排除ではなく、速やかなスイッチの解除になるの」

「スイッチの解除……？」

「そう、あんたが絵馬に願った悩み事の解決よ。それは何？」

いきなり訊《き》かれて焦る。これは白星《しらほし》さんとの秘密だった事だ。

「そうだ、昨日の話を思い出した。それはお洒落《しゃれ》をする事なの？」

「……違う」

「なら何なの？　言いたくないの？　ま、その気持ちは分かるけどね。死にたいくらいの悩みなんてだいたいが恥ずかしい事だし。それは知ってる」

なんだか猪熊さん、いつも爆発する人だと思っていたら妙に物わかりのいいところもある。それはいいとして僕の願いについてはそうほだされても言えるものではない。

「……わかった。だったらその願いについては直接聞かない。じゃあ質問を変えるけど、もしかして、お酒落をする事でその願いに近づけたりするの？」

それは確実ではないけど、ないよりはマシって認識ではある。

「…………多分」

僕の返答に猪熊さんがしばらく俯《うつむ》いて、しょうがないかといった風《ふう》にため息をつき……覚悟を決めたように顔を上げた。

「はあ……わかった。あんたの外見の問題について協力する。でも言っておくけど勘違いしないでよね!?　これはぜんぶ絵馬のたうぶぼぁ！」

「わーい！　みりあちゃんありがとー！」

言い切る前に白星さんの隕石《いんせき》のような抱き付きに押し倒される猪熊さんだった。

こうして、猪熊さんが僕のお酒落の指導をしてくれる事になった。

ただ猪熊さんが手伝ってくれたとしても、白星さんの言った「誰が見ても格好《かっこ》良くなる」が僕にできるだなんて、到底思えないけど……。

「わーん！　ありがとう！　わたしね、もっと頑張らなきゃいけないと思ってたの！　亀《かめ》丸《まる》くんがみりあちゃんに認めてもらえるまで毎朝身だしなみを整えに行こうって！」

ひい、と声が出た。

釈然としない気持ちはある。けれど断ればもっと大変な事になりそうだったので、女神スイッチの解除という互いの目的のもと、素直に従う事にしたのだった。

第三章　みりあコレクション（服と髪についての考察）

晴天。噴水の水しぶきをはらんだ風が虹を作っている。

休日のモール前広場には、僕と同じような待ち合わせらしき人が所々に立っていた。

今日は白星《しらほし》さんが発令した件《くだん》のミッション『僕を誰が見ても格好《かっこ》良くする』。そのために白星さんと猪熊《いのくま》さんに呼び出されているのだった。

もとはといえば玲花《れいか》先輩の隣に自信を持って立ちたいって僕の願いに対して、白星さんの女神スイッチが発動して実現したのが今日という日なわけだけど、こんな天気のいい休日に女の子と出かける事なんて初めてなので、否が応でも緊張する。

それに、やっぱり今日のミッション自体なかなか不安だ。

お洒落《しゃれ》くらいで変わるとは思えない。確かに変わりたいと思う。でも、やっぱり素材が素材なんだ。何着たって限度ってものがあるし雑誌に載ってる服なんか着たら七五三みたいに無理してる感が出るだろうしパンツの裾は時代劇の大名みたいに余るし――。

「亀丸《かめまる》くん、おーい！」

朗《ほが》らかな声に暗い思考を中断、白星さんがいそいそとこちらに走ってくる。

「待った？」

「いや、全然。その……猪熊さんは？」

「みりあちゃんと一緒に来たんだけど、お手洗いに行っちゃって。もうすぐ来るよ」

白星さんは花柄パステルのミニスカートにクリーム色の肩出しニットを着ている。この前見たシンプルなワンピースよりふわふわ柔《やわ》らかい雰囲気で、白星さんの優しくて愛くるしい感じをさらに引き立たせていた。

やっぱり白星さんは可愛《かわい》い。通り過ぎていく男という男がみんな振り返っている。

そんな子と一緒に居られる事はすごく光栄なんだけど……少しだけ打ちのめされる気分にもなる。

白星さんは可愛い。格好いいかどうか可愛いかどうかなんて、結局素材次第なんだって思い知らせてくれるくらいに。

その時だった。

「なんて憂鬱なの……せっかくの休みなのに絵馬《えま》と二人でデートしたいのに、ああでも絵馬がいるからしっかり顔を引き締めなきゃ」

ぶつぶつ言いながら猪熊さんが現れる。やっぱり不機嫌だなあ、と思っていたら――。

揺れるツインテールのその姿に、息が止まりそうになった。

猪熊さんが着ているのは襟付きワンピース。小さなリボンのあしらわれた繊細《せんさい》な白は、まるで蝶の止まった白い花束にも見えた。さらにはソックスの黒、革のパンプスが要所を引き締めて、これでもかと可愛らしく清楚《せいそ》な空気を振りまいている。

目立つ柄の服を着ている訳じゃない。なのに猪熊さんの人形チックな可愛らしさを十分以上に引き出していた。人形って言葉では足りなくて、もはやその可憐《かれん》さはお姫様って感じがした。一瞬だけ、玲花《れいか》先輩や白星《しらほし》さんよりも可愛《かわい》いとすら思ってしまった。

「はあ、ホントなにその格好？　亀丸《かめまる》よりダメ丸って名乗った方がいいんじゃないの」

この発言さえなければ本当に可愛いと思うんだけどなあ！

出会い頭即暴言、そんな猪熊《いのくま》さんが顔をしかめたあと、長いまつ毛の宝石のような瞳で僕の全身を見まわしてきた。

「ああ、どこか一つは褒めようと思ったけど全部ださい。もうすべてがだめ。髪も服も靴もぜーんぶだめ」

「うーん、わたしには分からないけどなあ、普通じゃないの？」

案の定のダメ出しに、優しい白星さんがフォローしてくれたけど、

「全っ然だめだってば。まず訊《き》くわダメ丸。昨日言った事覚えてた？」

そういえば昨日の放課後、猪熊さんに言われたことがあった。それは――。

『――明日、あんたの思う一番かっこいい格好。いや、そうじゃない。そうね、無難でいいから「一番オタクっぽくない」と思う格好で来てもらっていい？』

それだけ言われて詳しい事は聞かされず、今に至る。

僕の今日の服は、黒シャツを羽織ってその下は白のTシャツ、そしてジーンズだ。僕にとっては一番無難な格好と思えるものだった。

「わかった。ダメ丸なりに無難だと考えている服を選んだのは分かった。それじゃあ訊く

けど、逆に何をオタクっぽいと判断して除外したの？」

「その、猪熊さんの言ったオタクっぽくないって言葉だけど……これは恐らくチェック柄とかドクロの服とか英字のシャツとか、そんな感じの柄の服なんだろうなって」

オタク、と聞くとチェック柄が思い浮かぶ。それについては出来る限りそれっぽくない柄を選んだつもりだ。なのに猪熊さんは眉間にしわを寄せて僕を睨《にら》んでいる。

「そこよ。そこが違うの。だって服って『柄』じゃないでしょ」

意味が分からず首をひねっていると、猪熊さんが大きくため息をついた。

「それでね、今日は主にあんたの服への意識を直していこうと思うの」

「服への、意識？」

「そう。ダメ丸の場合、平日は制服で相手には見えないけど、私服がださいとデートにも誘えないでしょ？　それに服を着るってお洒落《しゃれ》ぜんぶの意識に通じる事だから」

また宝石のような瞳で、僕の全身を鑑定するように見回す猪熊さん。

「それで……今のあたしとダメ丸には、例えるなら毎日食事に気を遣っている人間とカップ麺しか食べない人間くらい意識に差があるのよ」

そう言って、小さな手で思い切りびしい、と僕を指さしてくる。

「そう、まずはね、あんたの服がださすぎてイライラするの。なんでイライラするかって言うと、そこから『服なんてただ単に外見を取り繕う薄っぺらいモノ』って意識が透けて見えるから。『自分は服に興味のない真面目な人間です』って感じでね」

そこまでは思ってないけど、自分を変えたいと思った時に「お洒落《しゃれ》くらいで」とそれに近い事を考えていた事実はあるので焦る。

「まずね、服がどう出来るかを教えるわ」

ずいぶん唐突な事を言った猪熊《いのくま》さんが、ゆっくりと歩いて僕の周囲を回りだした。

「服がどう出来るか――まずダメ丸には理解も及ばない天上の世界、パリやミラノのコレクションでトップブランドの天才たちが技術の粋を込めた新作のオートクチュールやプレタポルテを発表する。それに影響を受けた他の中堅ブランドがそのデザインを落とし込んで一般向けの服を作る。さらにその動向を受けた末端のメーカーが同じようなデザインのいわゆる廉価なカジュアル服を作る。――この一連の流れが『流行』となるわ」

普段着ている服の事なのに知らない言葉が出てきて困惑する。

特に流行だ。流行って皆に支持されて自然発生するモノのはずなのに、猪熊さんがさも当然の様に使った流行の意味は全くの別物だ。異世界の言語にも聞こえてきた。

「さらに、ここからが本番よ。その流行を元にデザイナーがデザインを作る。最適な生地を吟味したり、ボタンやホックのパーツも自分の経験とセンスを懸けて選んでいく。でもデザインだけじゃ平面の二次元のままなのよ。生地を三次元の立体にするためにパタンナーのプロが型紙を作るの、そう、このためにわざわざプロがいるの、ここでその服がデザイナーのイメージ通りにこの世に生まれるかどうかが決まるから」

ここからは理解できない事もない。けれどそのためだけのプロか。それって絵から立体にするのってそれだけで一作業かかるってことなんだろう。確かに服ってよく考えるとけっこう複雑な立体かもしれない。

「そして、縫製よ。もしかしたら知らないかもしれないけど服を作るっていう『平面の布を立体に縫い上げる』行為はいまだに機械じゃできないの。今ある世界中のすべての服は人の手のミシンによる手縫いよ。安い服を見て勘違いする人間がいるけど、この世に工場で機械のオートメーションで作った服なんてないの。今、ダメ丸が着てるシャツも誰かが必死にミシンで縫ったものよ」

　言われて驚く。この服は安い店で買った服だ。安かったから、きっと工場で機械が流れ作業で作っているものだと思っていた。

「それで、あたしが何を言いたいかというと……服ってそんな何人もの人間が生活をかけて関わっているモノなの。国内だけでも数兆円規模の労働と汗の結晶、それが『服』よ。それを、外見を取り繕う薄っぺらいモノ？　そう思う事が真面目？　ふん、冗談じゃないわ、薄っぺらくて軽薄なのはどっちよって話じゃない」

　後ろめたい気持ちになった。多分、この発言は僕にとって図星。

「まずは服に対して敬意を持つこと。農家の作った食材に対して丁寧に料理して感謝して食べるように、どうやったら買った服を十分に活《い》かせるか、そういう意識でいて？」

　学校の校則にも「華美な服は控える事」と書いてある。それに今まで聞いた大人の意見のすべてが僕くらいの年齢のお洒落には批判的だった。

だから、こんな風《ふう》に服に真面目な人の存在に単純に驚いてしまう。

「まずはこんなとこ。そして……はい最初に戻るわ。服って柄じゃないのよ」

一転、猪熊《いのくま》さんが力を抜くようにため息をつきつつ、さっきの問答だった。

「いま服の作り方であったように、服って平面の布を立体にしたものなの。だから服の本質っていうのは『平面である柄』じゃなくて『立体であるサイズ』これに尽きるわ」

「サイズって……あのサイズの事？」

「他にどんな意味があるのよ。というかデザイナーの意図したサイズ通りに着れるかどうか、これが八割だと思う。サイズさえ合うなら……柄なんてどうでもいいの。チェックでもいい、ドクロでもいい。むしろチェックシャツって格好《かっこ》いい服なの！」

柄がどうでもいい。初めての認識だ。だって服ってものは自分が格好いいなって柄の服を選んで買うものだと思っていたのに。それにサイズもＳＭＬのサイズを確認するだけだと思っていたけど、どうもそれ以上の事を言っている気がする。

「でも、柄がどうでもいいは確かに極論だったかも。初心者って視点で見ると、一つだけ注意点があるのよ」

猪熊さんがジト目になって、びしい、とまた僕の黒シャツを指さす。

「黒禁止」

「な、なんで？」

黒なんてありふれた色だ。それに服として色々合わせやすい色って皆が言っていて、何よりシャープな感じで格好いい。それをなんで禁止なんかするんだろう。

「わ、わたしも知りたい！」

　横でほえーっと猪熊さんの話を聞いていた白星《しらほし》さんが首を突っ込んできた。

「絵馬《えま》はいいの」

「え？　なんで？」

「絵馬は恵まれた人間だから大丈夫。なんでも似合うわ、そういう人間よ」

「もー、お世辞言わなくていいってばあ」

　白星さんが頬《ほお》を膨らませるけど、猪熊さんは真顔だ。まるで今の台詞《せりふ》はお世辞や軽口でもなく、とても重い言葉を口に出したというように。

「それより、サイズの話の前になぜあんたに黒を禁止するのか教えてあげる。オタクの言葉を使って分かりやすくね。ふふん」

　一転、得意げに鼻を鳴らしながら、ツインテールを揺らして踵《きびす》を返す猪熊さん。

　というか、わざわざオタクなんて言葉を出してきたけど、僕、そこまでオタクじゃないんだけどなあ……。漫画やアニメは確かに見るけど、普通の範疇《はんちゅう》は絶対に超えないし、基本的にその辺は寮での単なる義務でもあるし。

「あのポスターを見て。ほら、あのアニメ映画よ」

　と、猪熊さんがモールの映画館で上映中の映画ポスターの一枚を指さしていた。

　そのポスターは『ＺＡＯ』って人気アニメの映画化作品のものだった。黒剣士キルトくんがMMORPGの世界に閉じ込められて無双する世界的超人気作品だ。

「黒について。この映画の主人公、ええと……黒剣士と書いてぶらっくないと？　まあいっか、恐らくオタクって人種はこういうのを見て黒は格好《かっこ》いいと思っちゃうんでしょ？そうして必ず服に黒を入れちゃうのよね」

ポスターの中の黒剣士キルトくんを指さす猪熊《いのくま》さん。

言われて否定はできない。黒と剣士の組み合わせはいろいろな創作で格好よさの代表格として描かれている。その影響は決してゼロとはいえない。

「でもよく考えて。黒剣士はなんで格好いいの？」

首をひねる。いざそう訊《き》かれると黒剣士の格好良さが当たり前すぎて思いつかない。

「いいわ、じゃああたしが適当に言ってみる。①黒が持つ重くダークなイメージ、そして②その鎧《よろい》の中身は色白でクールな美少年。こんな感じでしょ？」

猪熊さんがキルトくんの服と顔を交互に指さす。確かに、おおむね間違ってはいない。

「問題はこの格好良さって、①と②のいわゆるギャップで成り立っているところなのよ。要するに最も暗い色に真逆の存在である真っ白な美少年をぶつけてコントラストを演出しているわけ」

そういえば様々な創作で黒剣士は美少年だったり兜《かぶと》の下は美少女だったり、そういうのが多いかもしれない。ZAOのキルトくんもハーレムを作れるほどの美少年だ。

「で、あんたって色白の美少年なの？」

「…………ええと」

「まず美少年ではないわね？　そして色白ったら色白だけど不健康なもやし色じゃないの。そうよ綺麗《きれい》な白じゃなくて臭そうな白なの！　そんなあんたが黒を着たらこうなるわ！」

猪熊さんがばーんと叩《たた》いたのはとある看板だった。

『春のラーメン道場！　モールに有名店が集結！』

その看板には黒Tシャツを着て腕組みした小太りのおじさんたちが集結していた。

「黒って重い色なの。そんな重い色にむさ苦しさをトッピングしたらもう最強重力のブラックホールよ！　見なさいってばこのラーメン屋のポスター！　臭そうなブラックホール！　食欲なんか何万光年先に失《う》せるわこんなの！」

ひどすぎる言いようだった。でもキルトくんの黒とラーメン屋の小太り店主の黒は同じ色なのに確かにイメージの差がありすぎる。

「黒ほど素材の人間を選ぶ色もないの。下手をすると清潔感から一番遠い色になる。だから極論とは思うけど、何の考えもなく黒は選ぶべきじゃない。何を着たらいいか分からないうちは敢《あ》えて避けるべき色だとあたしは思うわ」

みんなが着ていると思っていた色。ずっと安心して使っていた色。けれど猪熊さんにこう言われるとだんだん自信がなくなってきた。

「ダメ丸の目指すべきはこの黒剣士じゃなくて、こっち」

と、猪熊さんがまたZAOのポスターを指さす。

そこにはキルトくんに向かう小さな獣人の群れ、コボルト軍団がいた。

「に、人間ですらないじゃないか……！」

「馬鹿にしてないし冗談でもないわ。この犬人間、お洒落《しゃれ》じゃないの。刺繍《ししゅう》の入った頭巾とか腰布とか、フォークロア風《ふう》で格好《かっこ》いいじゃない。すごく似合ってる。あたしはむしろこの黒剣士より好きよ」

猪熊《いのくま》さんにそう言われると、コボルト軍団みたいな雑魚キャラ集団も、きちんとデザイン的に考え抜かれた「それはそれで格好いい」ものに見えてきたような気がしてきた。

「つまりあたしが言いたいのはね、自分のキャラと世界観を客観的に把握すること、そしてそれに『似合う』服を選ぶことよ。一つアドバイスをするとね、ダメ丸が普段参考にすべきは男性モデルのファッションじゃなくて『お笑い芸人のファッション』よ。逆にスタイルの良いモデルなんか真似《まね》したらひどい目に遭うわ」

そう言われて、猪熊さんの姿を見る。

僕が今日一番に猪熊さんに会って思ったのは、その着ている服が猪熊さんの小さくて可愛《かわい》らしい魅力を最大限に引き出していたという事だ。出合い頭の瞬間火力では玲花《れいか》先輩よりも可愛いと思ってしまったし、「似合う」という概念は時に単純な可愛さや格好良さよりも優《まさ》るのかもしれないと思えた事実はある。

「それじゃあ、次は本命のサイズについて教えるわ。そこからどうやって服を選べばいいのかもね」

猪熊さんがモール内へ向かって歩いていくので、白星《しらほし》さんと一緒についていく。

人でごった返す休日のモール内。猪熊さんのぴんと伸びた小さな背中を見つつ、僕が最初に感じていた不安がずいぶんやわらいでいるのに気づく。恐らくは猪熊さんの語る知識や態度が思っていたより真面目でしっかりしていたからだ。

そういえば猪熊さんはファッション誌のモデルだった。さすがはプロというところか。

と、白星さんがスキップしながら僕と猪熊さんの顔を交互にのぞくようにしていた。

「な、なによ絵馬《えま》。なんでそんなに嬉《うれ》しそうにしてるの？」

「えへへ、やっぱりみりあちゃんて優しいなあって」

「は、はあ!?」

「だって、少し心配してたけどすっごく真面目に教えてくれてるんだもの。えへへ……みりあちゃん大好き」

優しい目で白星さんが言うと、猪熊さんが立ち止まる。顔が真っ赤だった。それに何も言えない感じで唇を震わせている。照れすぎなくらい照れていた。

「う、その……い、言っておくけど絵馬の頼みじゃなかったら、こんなエロ猿になんか教えたりなんかしないんだから！」

「うん、ありがとう。じゃあお礼に『アレ』してあげよっか？」

猪熊さんの憎まれ口を受けて白星さんから出てきた代名詞のアレ。その言葉を聞いた瞬間、猪熊さんがびくりと肩を震わせた。

「学校の外だからやっていいんだもんね？　うふふ、みりあちゃんアレ大好きだし」

「ま、待って！　が、学校の外だけど、今はコイツが！」

猪熊《いのくま》さんが珍しくあわあわ狼狽《ろうばい》している。それに構わず白星《しらほし》さんが近寄り――。

「はい、ぽんぽん」

猪熊さんの頭を『ぽんぽん』する。

「はぁっ⁉　ひゃ……⁉　や、だめ……えま……」

すると手を置かれた瞬間、猪熊さんの体に電撃が走ったように小さく跳ねて、

「はい、ぽんぽん。ぽんぽん」

「ん……や……ふぁ……だめ……ほんとに……んん……」

「ぽんぽん、ぽんぽん♪　ふふ、みりあちゃん、ぽんぽんされるの好きだもんね。うちのペコも撫《な》でられたら気持ちよさそうにするんだよ。そっくり♪」

真っ赤な顔を伏せ口元を押さえて時々びくりとしながら完全にされるがまま。気の強い猪熊さんが完全に乙女の表情になっているけど……なんだこれ。なんだ……これ？

「ふふ、みりあちゃんてたまに怒る事あるんだけど、こうしてあげると落ち着くんだあ」

牧場の人が飼牛を語るみたいに、にっこりと笑って解説してくれる白星さん。

「亀丸《かめまる》くんもやってみる？」

「え？」

「ほら、いいから」

まるで牧場体験みたいに白星さんが僕の手をつかんで自分の手とチェンジ。あれ？　すごく嫌な予感がする。

「ふふ、亀丸くんもぽんぽんするの上手そう♪　うん、そうそう……って、きゃあああああああ！　みりあちゃんハサミはだめー！」

白星さんに羽交い絞めにされながら、どこからともなくあの六丁ハサミを出して無言の涙目でぐるぐるパンチをしてくる猪熊さんだけど、そりゃこうなると思ったよ！

相変わらずの男嫌いだった。それに比べて猪熊さんって白星さんの事が大好きすぎる。さっきの褒められたときの照れようといい、ぽんぽんだってぽんぽん自体が好きな訳じゃなく白星さんにぽんぽんされるのが好きみたいだし。

「はあ、はあ……。もーやだ、絵馬《えま》と二人でデートしたいのに」

「そんな事言わずに、お願いだから、ね？　みりあちゃん」

「う、うう、もうずるい。だいたい絵馬の頼みなんか断れるわけないんだから。ほんと、あの時の――」

猪熊さんが何かを言いかけて黙り、憮然《ぶぜん》とした顔で羽交い絞めをふりほどく。よく分からないけれど、猪熊さんには白星さんに頭の上がらない理由でもあるんだろうか。

「もういい、こんな仕事早く終わらせてやるんだから……！」

そうやってモールの服売り場に到着。広いフロアには様々なショップが並んでいる。

「さあ、これから服の選び方を教えるわけだけど、さっき言った事を覚えてる？」

「……黒を選ばない？」

「違うわサイズの話。こっちがメインって言ったじゃないの」

白星《しらほし》さんの件で猪熊《いのくま》さんが騒いだりでつい忘れていた。気を取り直して聞こう。

「さっきも言ったように、服って言うのは平面の布を立体にしたものなのよ」

そうだった。猪熊さんが言うには、だから服は柄じゃない、だったけど……。

「だから服を見る時は面じゃなくて立体としての全体を見るわけ。自分が着た時にその服がデザイナーの意図したシルエットとして成立しているか。それが『サイズ』よ」

意図したシルエットって言っても、それはどういう事なのか首をかしげるしかない。服ってSMLがあって、体に合ってればそれが正しいサイズなのかと思っていたけど。

「当然だけど理解できてない顔よね。それはそうよ、まずその黒シャツね。そのTシャツの上に羽織った半袖の黒シャツ。そのサイズは正しいと思う？」

「買うときにMとは書いてあったけど……」

「まーた半袖シャツなんて無難なようで難しいものを選んでって言いたいけど、まずそのシャツは羽織るタイプじゃなくてボタンをきっちり閉めるように意図して作ったタイプよ。なのにそれをゆったり羽織る前提で選んだのかサイズが大きいの！　そうよそれってダメ丸より背の高い人間がかっちり着るために作られた服なの！　それを、ああああだぼだぼに着てシルエットを台無しにして！　服が泣いてるじゃないの！」

「で、でもMって書いてあったし……」

「もう！　言っておくけどSとかMとかメーカーによって違うの！　基準にしてる標準体形なんかばらばらなんだから！　このメーカーは丈も肩周りも首周りもかなり大きめの設定にしてるんだってば！」

それは初耳だった。作る会社が違えばその標準ごと違ってくるって事は今まで考えもしなかった。

「分かったわ。とりあえずMを買えばいいと思ってた。サイズについて無知なのは分かった。だからそれを理解してもらうためにこれから『ある服』を選ぼうと思うの」

言葉通りに取るならそれは「サイズを学ぶための服」って事なんだろうけど……そんな服が存在するだなんて初めて聞いた。いったいどんな服なんだ。

「――チェックシャツよ」

「チ、チェックシャツ!?」

何というか、猪熊さんにオタクっぽくない服を選べと言われてまず除外したのがチェックシャツだった。オタク服の超王道。僕のイメージはそうで、そんな風《ふう》に見られるのが嫌だから服を選ぶにもチェックは避けているくらいだ。

「ふふん、オタクのくせにオタクに見られたくないからチェックは着たくないって顔ね。でも、そう考える方が逆にオタクっぽいと思うわ！」

ううう、心を読まれてびしいと指を差されたぞ。

「いい？　オタクっぽいチェックシャツなんてないの。オタクっぽい着こなしがあるだけなの！」

そう言い放つ猪熊《いのくま》さんだけど、冷静に聞くとこれって着方次第でチェックでもまともに見えるって事だ。悪いのは素材でなく方法だと、さっきまでのお洒落《しゃれ》全体に対する僕の考えとまるで逆にも思えた。

猪熊さんがためらいもなくモール内のある服屋に入る。そして店員さんに試着の一言を伝えてから、ぶっきらぼうに一着のチェックシャツを手に取った。

「これ着てみて。適当に選んだMサイズよ」

言われたまま着て、店内の鏡を見る。……まあ、普通のチェックシャツだ。

「絵馬《えま》、このポンコツ、どう思う?」

「え、ええと……普通、だとは思うけど」

「嘘《うそ》言わなくてもいいってば」

「う、嘘じゃないよお！　でも、うーん、ちょっと大きめかなあ?」

「そう、肩から脇腹にかけてだるだる。これがこの服のコンセプトを破壊しているのよ」

猪熊さんの評価ではボコボコだけど着た感じだけはゆったりして悪くはない、チェックを着たらだいたいこんな風《ふう》になるもんじゃないかって思うんだけどなあ……。

と、猪熊さんの宝石の瞳が、僕のチェックシャツ姿を凝視する。

前から後ろから角度を変え「着丈袖丈は可。胸部矢状面のたるみは小も、頸部《けいぶ》から肩峰にかけては大。胸部横径も服に対して明らかに不足、それに——」と、なんだか鑑定するようにしている。

「分かった。ダメ丸って丈に対して首と肩が細い。それが服選びを難しいものにしてる」

「首と肩が、細い？」

「そう。そこがクリアできれば服選びは簡単になるわ。だからまず首と肩を重点的に鍛えなさい、とは言いたいけれど、そんな気長にこっちは待ってられないのよ。――ほら」

気づくと傍らに白星《しらほし》さんがいた。目をキラキラさせて僕を見つめている。

「き、鍛えるの？　と、トレーニング手伝う？　うんうん！　わたしも最近運動不足だったし一緒に頑張ろう⁉　いつやろっか？　わたしはみりあちゃんの時みたいに、朝にお邪魔しようかなって思ってるけど！　ほら二人いた方が柔軟体操もやりやすいと思うし！」

そうかそういえばこれがあったな！　ただ気になるのは「みりあちゃんの時みたいに」って言葉だけど……って、猪熊さんが僕と白星さんの間に割り込んできたぞ？

「え、絵馬だめー！　ダメ丸が『二人で柔軟体操』に反応してるじゃない！　柔軟どころかがちがちに硬くなってるんじゃない！　もうなに最悪！　発想が痴漢そのものよこんなの通報するしかないじゃないの！」

「うわあああああ、し、してない！　は、反応してないから！」

ツインテールをぶんぶん振り回してイヤイヤする猪熊さんを必死に止める。というか猪熊さん、小さくて可愛《かわい》い女の子なのによくそんな火の球剛速球投げるなあ⁉　肝心の白星さんは意味が分からないといった感じに首をかしげているのが幸いだけど！

と、それよりも猪熊《いのくま》さんがまだまだツインテールをぶんぶんイヤイヤしながら炎上している。どうやって止めようか迷ったけど……。

「みりあちゃん落ち着いて？　はい、ぽんぽん。ぽんぽん」

「ふぁぁ⁉　や……ん……ふあ……うん……おちついた」

白星《しらほし》さん必殺のぽんぽんが出た。猪熊さんが一瞬でトロトロになって沈黙する。

「うふふ、わかったよ！　みりあちゃんがトレーニングしなくても大丈夫な方法を教えてくれるつもりだったんだもんね！」

白星さんがぽんぽんの手を離すと猪熊さんがはっと正気に戻った。

「え、絵馬《えま》やめて、やっぱり学校の外でも禁止！　ダメ丸に見られるから禁止！」

「えー、わたし、みりあちゃんぽんぽんするの大好きなんだけどなあ」

猫がマタタビに蕩《とろ》けてダダ甘に無防備になるようで、猪熊さんも人の目に触れさせるには憚《はばか》られる事を自覚してはいるみたいだ。

「も、もういいわはい話の続き。鍛えたら体形は変わるけど、どんなに鍛えても普通の人間なら体にどこか難は残るし……。それもあるから、体形に多少の難があっても手っ取り早く服を選ぶ方法を教えるつもりだったの。っていうか絵馬のスイッチを早く解除しなきゃいけないいんだから、鍛えてる暇なんかないいんだってば」

そうだ。悠長に体を鍛える暇なんてない。

女神スイッチ。死にたいの言葉を引き金に、白星さんが超絶にお節介な女神になるモード。それを早期に解除するために僕も猪熊さんも動いているんだ。

それより体形に難があっても手っ取り早く服を選ぶ方法ってなんだろう？

「まあやる事は単純よ。一着目は時間をかけて探す、それも比較しやすい服を」

比較しやすい服ってなんだと思っていたけど、そういえば今試着しているのは……。

「ここにチェックシャツを探す意図があるの。チェックはだいたいどこにでもあるし、チェックシャツのあるショップならダメ丸のキャラや世界観に合う可能性も高い。そして時間については……あたしメンズのショップに詳しくないからモールとその付近をかたっぱしになるけど、短くて五、六時間くらいか、もっとか」

「ご、五、六時間⁉」

「情報ゼロならこんなもんでしょ？　……何よその顔は？　ああなるほど。ふふん、言っておくけどあたしくらいしか何であんたが驚いてるのか分かってあげられないんだから感謝しなさい。女の子が服を買うのなんてむしろ一日がかりとか普通だから。まったく男は適当に服を買いすぎなのよ。ゲームのダンジョンは隅々まで探索してアイテムを探すくせに、現実で自分に合うかどうかのアイテムを見つける努力はしないのよね」

また僕の思っていたことを言い当ててくる猪熊さん。確かに女の子の買い物は長いってよく聞くけど、あれは本当にその分店を回って服を探しているのか……。

「さ、今日一日で終わらせてやるんだから急いで！」

こうして、チェックシャツをたった一着探すのに、行軍ともいえるショッピングが始まったのだった。

「肩が細いったってここのSはだめこれじゃあ一昔前みたいなピチTのサイズ感」「これもだめ、ここの店のはSもMもだめ。全部が横に広いわ基本デブ向きね」「ああ、惜しいんだけど微妙に丈が長い」「ぐっ、丈はジャストなのにやっぱり肩がだぼってる」「んぐっ！　他は全部合うのに首がだるだるでダメ！」「これも！」「んきー！」

モール内、モール周辺、いくつあるか分からないショップをしらみつぶしに探していく。僕にはどれもこれも同じようなチェックシャツだと思ったけど、猪熊《いのくま》さんが言うには「どれもこれもどこかが合わない」らしい。

そうやって三時間くらいたった頃だ。最初は冷静だった猪熊さんがとうとう炎上した。

「もう嫌！　何が嫌って服を探すのって本当に足を使うの！　疲れるの！　それをあああああこんな男のためにするだなんて！」

「ふふ、ぽんぽん。ぽんぽん。ありがとう、みりあちゃん♪」

「ふあぁ……ん……うん…………がんばる」

しかし白星《しらほし》さんの方が強かった。女神のぽんぽんに瞬時に鎮火させられてしまう。

「うふふ、なんだかんだやってくれる優しいみりあちゃん、大好きだよ」

けれど確かにそうだ。文句を言いつつも、猪熊さんはやってくれている。

白星さんのおかげとは思うけど、とにかく僕のために苦労してくれているのは事実で、僕自身だんだんと憎まれ口も受け流せるようになってきた。

「多分お腹《なか》が空《す》いて疲れたのもあると思うなー。みりあちゃん、ちょっと休憩しようよ」

白星さんが猪熊さんの頭から手を離して言う。そう言えば午前中からずっと探して今は昼の二時だ。そろそろ空腹も限界に近付いている。

「わ、分かったわ。この店で前半戦は最後」

そうやって中に入ったのはモールの端にある服屋だった。モールの中央にもいくつかあった、こぢんまりとしてお洒落《しやれ》な感じの服屋。ブランドとかセレクトショップっていうんだろうけど、この空間の狭さが普段の僕には入りづらいタイプの店だ。

そんな店内を歩いていると、猪熊さんがぴんと来たように眉を動かした。

「何となくいい雰囲気かも。客もいすぎずいなさすぎず。それにダメ丸の上位互換みたいな人間が数名うろついてる。同じような体形って事ね」

僕には分からないけど、確かに身長低めで細身の人が数名、僕とは違って今風《いまふう》でしっかり決まった感じの人がいるような気もする。

「さあ、チェックシャツもあった。着てみなさい」

猪熊さんが迷わずに取ったそれを僕は着てみる。

鏡を見る。まあこれも普通のチェックシャツだ。僕にしては珍しく派手めな赤のチェックだけど、って…………あれ？

鏡の中の自分を見つつ、なんだか違和感に気づく。

「絵馬《えま》、どう？」

その違和感は、白星《しらほし》さんが教えてくれた。

「うん、すごくいい！　今までで一番いい！　なんだかバンドとかしてそう！」

「分かったダメ丸？　バンドにいるみたいとかあたしだったら泣きそうになるくらい嫌だけど、あんたにとっては褒め言葉なんだから。それっぽく着れてるって事よ」

「う、うーん……本当に？」

言いつつ、自分でもなんだか「それっぽい」事を理解していた。今まで着たチャックシャツとは確かに違う。体にぴちっと張り付いてそれでいて苦しくない。袖も余らず短すぎず手首でぴったり収まっている。なんだか全体的にすっきりしていた。

「チェックシャツで一番大切なのが肩からわきの下まで。ここで体のシルエットがぴったり見える事。その必要条件を満たしたうえで、臍下《へそした》こぶし一つくらいの丈と、ジャストな袖口。——これがダメ丸のために作られたチェックシャツよ」

そう言われると愛着も湧く。今までになく手に入れた気のした、この『普通の服』に。

「そ、それじゃあこのチェックシャツを買うって事？」

これは買うしかないだろうな、と、そう思っていたけど、

「あ、買わない。いまってチェック微妙に流行《はや》ってないし」

「ええ？　あんなに必死にチェックを探してたのに……？」

「まずは服の本質であるサイズを知ってもらいたかったの。そして——さあ、これで鉱脈

を掘り当てたわ。さっきも言ったじゃない。今日は、体形に難があっても手っ取り早く服を選ぶ方法を教えるって」

　そういえば、このチェックを探し始める前にそう言っていた気がする。

「この場であんたに服を選んでやっても、その場限りであとで必ず失敗する。なぜって教えられるのはその服だけだから。例えばダメ丸は今チェックシャツのサイズ感を体感したわけだけど、服ってチェック以外にも無数にある。それは知ってるでしょ？」

　それは身に染みて知っている。他のあらゆる服について、僕の知識は皆無だ。

「服に対して一つ一つサイズ感を見極める知識とセンス。これが必要なの。けれどそれって普段から意識して養うものだから、すぐにできるものじゃない。今日のチェックシャツを選ぶみたいな事を繰り返して初めて分かる事なの。ある人は恵まれた家庭環境で、ある人はいつかから意識して、何年もかけてお洒落《しゃれ》の感覚って養うものなの」

　気の遠くなる行為だった。それは今までの人生で僕が積み重ねてこなかった事だ。

「でも、それでも安定して服を選ぶ方法があるわ。いま言ったじゃない、鉱脈を掘り当てたって」

　そうだった。ここからが猪熊《いのくま》さんの言わんとしていた事なんだ。

「少し前にサイズはメーカーによって違うって言ったでしょ？　メーカーによって意図した標準体形が違うって。という事は、一つ当てれば同じメーカーの服全体のサイズが合う可能性が高いって事なの」

「ここにあるものが、さっきのサイズで合うって事？」

「そう。このチェックと同じ、このメーカーのMサイズはその可能性が高い。だからといってダメ丸のすべき事は……このメーカーの棚から自由に選ぶことじゃないわ。というかむしろ選んじゃいけないの。分かるでしょ？　合わせのセンスだって皆無なんだから」

それはそうだけど、だったらどうやって服を買うっていうんだろう？

「あれよ」

猪熊《いのくま》さんが指さしたのはマネキンだった。恐らくはさっきのチェックシャツを作ったメーカーの上下を着ている。深い青地に細かなドットが星空みたいにちりばめられた七分袖のシャツに、白系のパンツだった。

「あれをそのまま買うの。シャツにボトム、できれば靴も」

「そ、そのまま⁉　でも……」

「恥ずかしいと思ってるんでしょ？　ファッションに無知な人間と思われたくないとか、店員さんの意図に簡単に乗せられる単純な人間だと思われたくないとか」

「う……」

「でもあんた無知でしょ⁉　だったらプロのおすすめ通りに買いなさい！　そもそもまとめて買ってもらいたいからマネキンに着させてるんだから遠慮しなくていいの！　むしろ買ってもらえたら店員さんだって嬉《うれ》しいの！」

確かに笑われるんじゃないかって思ってたけど、僕が店員さんの立場ならそう思うかもしれない。それに自分の感覚より店員さんのセンスが確かなのは認めるしかない。

「すいませーん、試着お願いします」

僕が首を縦に振る前に、猪熊さんが店員さんを呼ぶ。マネキンの一セットをまるまる押し付けられて僕は試着室に押し込められた。

参った。けれど着てみるしかないか。

今の服を脱いで、新しい服に袖を通してみる。いつもよりきつい服だ。でもさっきのチェックシャツと同じで不快な感じはない。身体にぴったり吸い付くようだった。

ベルトを締める。靴も履いてみる。そうして鏡を見て——。

「遅いわもう着たんでしょ?」

いきなりカーテンが開く。僕は、着終わって時間が経《た》っていたことに初めて気づく。

「いいじゃない。ぜんぜん別人」

猪熊さんの指摘通り、すらりとしたフォルムにすっきりとした色遣い、そして僕にとって別世界の概念だったそれっぽい今風の、そんな服を着た人間が鏡の中にいた。

「悪くないわ。特に袖とパンツの裾がばっちり合ってすっきりしてる」

そうだ。着てみたらわかる。特に手足の末端、だぶつきがそぎ落とされてまるで脱皮したみたいだ。それに裾を切らないで履けるパンツなんて初めて出合った。

「うん！　うんうん！　すごくいい！　かっこいい！　すごくいいよ！」

白星《しらほし》さんが興奮気味に……うう、僕の手を恋人つなぎにしてぴょんぴょんしてるぞ。

「前の亀丸《かめまる》くんも嫌いじゃないけど、いまの亀丸くんの方がすき！　かっこいい♪　好き。ふふ、これ好きだなあ。ふふ、好き♪」

ほめ過ぎだった。それにこの好き好き連発は服をほめてるだけで恋愛的な意味じゃないって分かってるけど、それにしても照れる。

「絵馬《えま》に触るな勘違いして興奮するな！」

「か、勘違いしてないいしハサミ危ないってば！」

僕と白星《しらほし》さんのつないだ手に、文字通り六丁ハサミでカットインしてきた猪熊《いのくま》さんが憮《ぶ》然《ぜん》とした顔でハサミをしまう。そうして、改めて僕の全身を見回して、

「これで決定ね。ほら、素直にマネキンごと選んで正解だったでしょ？　こんな風《ふう》に——まずは比較しやすい服でサイズのあたりをつける。そしてあたりをつけたメーカーのマネキンごとワンセットの服を買う、機会があればもうワンセット。これを繰り返すうちに着まわすだけの服も揃《そろ》ってくる。揃った頃にはそのメーカーの服が基準になって他のメーカーのサイズを比較する時の軸にもなるから、色々な服を選ぶセンスも身についてくる」

ここで初めて理解する。猪熊さんが教えてくれたのはとりあえずのお洒落《しゃれ》をする方法ではなくて、今後の事も考えた方法なのだと。嫌々面倒くさがりながら教えてくれたことなのに、それは意外なほど僕の目線に立っていて、現実的なものに聞こえた。

もう一度鏡の中の姿を見る。まるで周囲の空気ごと入れ替わったみたいだ。布一枚なのに頑丈で立派な鎧《よろい》に包まれた感じだってする。どこに行っても怖くない気がした。

購入決定。けれど今さら気づく、僕の着ている服にはすべて値札が付いていることを。

「い、猪熊さん……これ、高いかも」

「高くないわ。ていうかしょうがないじゃない、ここの服しか体に合わなかったんだから」

「い、いや、手持ちが全部吹き飛ぶしそれでも足りないからATMで下ろす事に……」

「高くないわ。ぴったり合う服っていうのはもう友達みたいなもんよ。友達に値段なんてつけられるの?」

僕は新たな気持ちとともに、絶望のため息をついた。


あのお金でいったいどのくらいの欲しいモノが買えたんだろうか。けれどよく考えるともともと物欲がそこまである訳でもなかった。普通の高校生がするゲームや本・漫画の類は麻子《あさこ》さんが寮に勝手に揃えてくれるし。

ただ、服なんかのために貯金がごっそりえぐられた事実が痛い。本当に痛い。それは確かにそうなのだけど……。

僕は鏡に映った新しい服を着た姿を見る。

服なんか。そう言い切ってしまうにはためらう。言い切るには猪熊さんが僕にかけた魔法が強すぎた。何故《なぜ》って服を着てうきうきするなんて感覚は初めてだったから。魔法が心の中まで変えてしまった気がしたんだ。

「とりあえず、お昼はここにしよう!」

白星《しらほし》さんの号令。そんなこんなで一仕事終えた僕たちは遅めの昼食をとっていた。

ここはモール内のハンバーガーショップ。小さな席を僕たち三人で囲んでいる。

「ダメ丸、これ食べて」

「……残せばいいと思うんだけど」

「炭水化物は無闇に取らないって決めてるの。でも残すとかもったいない事したくないの」

だからってバンズだけ渡されても困る。というかハンバーガーの中の野菜と肉だけ取り出す人って初めて見たぞ。

「みりあちゃん、モデルのお仕事いつも大変だね。お疲れ様。はい、ぽんぽん」

「ひゃぅ!? や、食事中は……ん……うん、おしごと、なれてるからだいじょぶ……ん」

そういえば猪熊《いのくま》さんはモデルだ。僕個人としては実際猪熊さんのスナップなりを見た事はないけど、もしかするとけっこう有名なモデルなのかもしれない。

「みりあちゃんのそういう頑張るとこ、すごいなあって思うよ。でも無理しないでね？」

「うん……うん……ありがと……ん……えま……すき」

「うん！　わたしも大好きだよ！」

白星さんのぽんぽんに顔を真っ赤にして蕩《とろ》けている猪熊さん。というか、これをされている間は本当に素直になるんだよなあ……。この可愛《かわい》らしいところを爪の先くらいでも僕に向けてくれないかなあ、とは思うんだけど。

「それよりダメ丸、最後の仕上げよ」

白星さんが手を離すと、その優しさゼロの銃口がいきなり向けられた。本当に豹変《ひょうへん》し過ぎだ勘弁してほしい。

それに仕上げってなんなんだろう？　もう服選びは終わったのに。

「『髪』に決まってるでしょ」


「や、やめろおおおおおお！」

午後の陽光がじりじりと差す中、僕は必死にもがく。モール近くの公園の木へ後ろ手に結束バンドで両親指を縛られた状態で必死にもがく。

そんな僕の目の前には、おろおろ戸惑う白星さんと、六丁ハサミを構えた猪熊さん。

「暴れるなー！　暴れなければすぐ終わるんだから！　もう！」

そう、猪熊さんが僕の髪を切ろうとしている。初めてハサミをきちんとした使用目的に沿って使おうとしているけど、それ以外は問題しかない！

「い、猪熊さん免許とかないでしょ⁉」

「お金取らないいんだからいいの！」

「じ、自分で床屋に行くから！」

「床屋じゃなくて美容室！」

「わ、わかった！　美容室に行くから！」

「見えるわ……！　ヘタレのせいで街のど真ん中の美容室じゃなくて街はずれのおばさん

が行くような美容室を選んで変な髪型にされる姿が！　それか運よく腕のいい美容師さんに出会えても、その冴《さ》えない髪型が単なる『少し短くなった冴えない髪型』になるだけ！　美容師さんだって人間よ。クレームが怖いから、写真とか具体的なオーダーがない限り新しい髪型に挑戦なんてしてくれないんだから！」

実際行けと言われたら寮の近くのいつも見慣れたおばさんのやってる美容室をまず一番に考えてたから猪熊《いのくま》さんに釘《くぎ》を刺された形だ。だって街中の美容室って怖い。

「今回あんたは思い切り変わらなくちゃいけないの！　でも似合う髪型を選んで指定する能力なんて一人でやったら試行錯誤で数年がかりよ！　だからあたしが遠慮なくバッサリやってやろうって言ってんじゃないの！」

そうは言っても髪はさすがにだめだ！　不幸な未来しか見えない！

暴れる僕に狙いをつけるように、依然ハサミを構え続ける猪熊さんだったけど――。

「――お、チビ熊じゃん」

その時だった。五、六人の背の高い女の子たちが僕たちに話しかけてきた。その目線の先は猪熊さん。どうやら猪熊さんに声をかけてきたみたいだ。

というか背の高い女の子たち、なんて表現はあっさりしすぎた。

みんな人外めいて細長い手足に小さな頭、そして何よりもオーラだった。そう表現せざるを得ないほど強烈で個性的な存在感を一人ずつ全員が放っている。

周囲とは別次元な佇《たたず》まい。まるで雑誌の表紙のモデルような、というか何人かは本当に今朝寄り道したコンビニの雑誌の表紙に載っていた気がする。

「……どうしてこんなとこにいるのよ。『エイト』の専属モデルが雁首揃《がんくびそろ》えて」

専属モデル。猪熊さんがぼそりと口に出したその言葉に、その子たちは猪熊さんの同業者で、本当に雑誌に載っているモデルらしいと察する。

そんな人と知り合いだなんてやっぱり猪熊さんは別世界のすごい人だった。

と、思ったけれど、なんだか雰囲気がおかしい。猪熊さんが心なしか肩を小さくさせている。モデル集団はそんな猪熊さんをまるで嘲り笑うようにして目を細めている。

するとモデル集団の先頭にいた一番背の高い女の子が、ずいっと一歩迫ってきた。

「撮影場所この近くでさ。休憩中みんなで買い物してたんだけど、チビ熊、なんか面白い事してるなーって。久しぶり、元気？　またオーディション落ちたんだって？」

猪熊さんは沈黙したまま。向かい合う女の子はガムを噛《か》んだままにやにやしている。

「まー、オーディションの一つや二つ、気にしない気にしない。チビ熊だって他に仕事あんだろーしさ。雑誌だったら『ぴこぷち』とかまだ専属なんでしょ？」

その呑気《のんき》な口調の台詞《せりふ》に、モデル集団の後方から噴きだすような笑い声がした。

「ぷ、ぷぷ、せんぱい、『ぴこぷち』って小学生向け」「せ、先輩の煽《あお》りきっつ。でも実際そのくらいしか仕事ないか、あいつって。ぷ、あはは」

背後で笑いながらひそひそし始めた集団に、背の高い女の子が悪びれもせず「小学生向け？　そうだったたっけ？」と首をかしげている。

「まーいーや。チビ熊、今度久しぶりに遊ぼうよ。じゃ、これから撮影だからまたね」

そうして手をひらひらさせつつ、集団を連れて去っていったのだった。

「……みりあちゃん」

白星《しらほし》さんが労《いたわ》るように微笑《ほほえ》みつつ、無言の猪熊《いのくま》さんに必要以上に近づかないでいる。まるでこういう時はそっとしておいた方が良いと理解している風《ふう》に。

「…………私の同期のモデルよ。小学生からの」

猪熊さんが視線を落としたまま、やっと口を開いた。

「中学くらいまでは……まだなんとかやれてた。けれど今のあたしは、まああいつらの言った通り。なかなか背も伸びなくて苦労してるの」

静かな公園に強い日差しが照り付けて、うつむいた猪熊さんの顔に影を作っていた。

「神様は不公平よ。こっちが必死にお洒落《しゃれ》をしてる横で、大して苦労をしなくても服が合わせてくれる人間がいる。有り得ないサイズ違いでも、激安のださい服でも、それこそボロ布を巻いただけでも、そういうファッションだ、って他人に思わせられるような。それがスタイルの良い人間って事なの。要するに、あいつらの事」

「…………」

「ああ本当に腹が立つ。こっちは身長だけでいろんなオーディションから撥《は》ねられるし、服だっていっつも注意して選ばなきゃいけない、着たくても着れない服だってたくさんある。けれど、けれどね――」

猪熊さんが、き、と顔を上げた。その宝石の瞳に澄み切った光をたたえて。

「けれどね、そう言うのを他人と比較してたらキリがないのよ。身長とか変えられないものは変えられない、だから『変えられるものはぜんぶ変えてやる』んじゃないの！　腹立つけど、ぜったいに諦めてなんかやらないんだから！」

猪熊さんが叫ぶ。燃え上がる炎のような言葉を。

僕は――勘違いをしていたのかもしれない。猪熊さんはモデルで可愛《かわい》くて、そんな持って生まれた素質で上から叩《たた》きつけるように僕にお節介な指導をしているって。

ところがそんなものは逆も逆だった。周りから比べたら素質なんてないって自覚していて、それでも抗《あらが》い、戦う人間だったんだ。

そうして思い出す。猪熊さんの助言はどんな目線のものだったか、いかにも苦労のない人間のものだったか、それとも……。

「はあ……分かった。髪を切るのはやめる。ああは言ったけどあいつらに会って少しテンション下がったし。やる気なくなった」

一転、ため息交じりにそうこぼす猪熊さん。

「それにこういうのはやっぱり自分の意思がないとだめだしね。あとで絶対に文句が出るから。だからプロの美容師さんも簡単には冒険しないわけだし。いいわ無罪放め――」

「――猪熊さんに、髪を切ってほしい」

僕がそう言葉を放つと、猪熊さんがぴたりと動きを止めた。

一つだけ、確かなことがある。

僕は玲花《れいか》先輩の事が好きで、けれど自分のダメさが分かっているから何もできない。白星《しらほし》さんに勇気づけられても、今の今まで先輩と付き合うために努力するなんて乗り気じゃなかった。自分には無理だって、他の人とは違って何をやっても無駄なんだって。

けれどここに戦う女の子がいた。絶対的な差を見せつけられても、踏み出して前に出る気持ちを失わない女の子が。

だから僕も、少しだけ勇気を出してみようって思ったんだ。

「猪熊《いのくま》さんに……僕の髪を切ってほしい」

これは許容や了承の類じゃない。僕からの、心からの『お願い』だった。

猪熊さんが、きょとんと目を丸くしていた。

そうして木に縛られた僕の前で、ゆっくりとハサミを両手に構える。

「六丁ハサミ」

刹那、僕を殺すような勢いで躍りかかってきた。

「このっ……！　量多すぎ！　ああああいっそバリカンで坊主にしてやりたい！」

ざくざくざくざくざくざくざくざくざくざくざく！　と恐ろしい勢いで頭が削れていく。ちょっと待て勢いよく切りすぎじゃないか⁉

「よし！　最後は、眉！」

「ま、眉は聞いてない！」

「眉なんか髪より大事じゃないの！　物真似《ものまね》メイクの人が誰かに似せるために一番作り込むのが眉の形ってくらい顔の中で重要な要素なんだから！　いいからどうせ自分でやっても野球部みたいなやりすぎ眉になるだけなんだから！　ほら抜くわよ死ねっ！」

「し、死ねって!?　い、痛い痛い痛い痛い痛いいい！」

ぶちぶちぶちぶちぶち、と猪熊さんが両手持ちにした毛抜きで眉毛を引き抜いているんだけど、痛い！　とにかく痛い！　肉まで引き抜かれるみたいな死ぬほどの痛みだ！

「はあ、はあ……これで、ようやく、完成」

猪熊さんがやっと終了宣言を出す。一方の僕は、死んだ。そのくらい大変な思いと痛みを受けて死んでしまった。そんな死んでしまった僕の姿は――。

「わあ……！」

白星さんが頬《ほお》を染めて、二つの恒星をキラキラさせていた。

一体どう仕上がったのかは鏡がないので僕自身は分からないけれど……。そんな僕の傍らに、ずいぶん神妙な表情をした猪熊さんが近づいてくる。

「……まあ、今日は、厳しいこといろいろ言ったけど、あたし一応あんたが何に悩んで何に苦しんでいるのか、分かってるつもりではいるのよ」

気づくと、猪熊さんの宝石のような瞳が、まっすぐに僕を捉えていた。

「だから言うわ。あんたの事は嫌いだけど、言うわ。――普通よりちょっと上くらいには格好《かっこ》良くなった。自信を持って。あたしが保証する」

その言葉に、思わず胸が温かくなる。

「その、僕は何もしてなくて、ほんと猪熊《いのくま》さんのおかげっていうか……んぐっ」

「だから——笑顔」

いきなり猪熊さんの手のひらが僕の両頬《りょうほお》を挟んで、むぎゅ！　と持ち上げてきた。

「基本にして最後が笑顔よ。感情は表情筋を動かして、二四時間三六五日鍛えられた表情筋はその人の『顔つき』になる。これが……可愛《かわい》いと褒められて笑う人間はより可愛く、不細工と馬鹿にされて悲しむ人間こそ顔がゆがんでいく、この世の残酷な仕組みよ」

それは、僕にも直感的に理解できる不条理だった。

「でも、そんな仕組み、気に食わないじゃない。だから不細工でも笑うの。笑顔を鍛えてあげるの」

「……笑顔を、鍛える？」

「そりゃあ日常なんてつらいことばっかりよ。笑顔なんて簡単に作れやしない。けれど、どこかで笑顔を作って鍛えてあげるの。朝の鏡の前でもいい、寝る前でもいい。そうやって、暗い表情に負けないように鍛えてあげるの」

そうして僕の顔を両手で挟んだまま、

「ま、頑張ってね！」

猪熊《いのくま》さんがにっこりと笑った。

恐らく言葉の通り、ずっと戦って抗《あらが》って、鍛え上げたその笑顔は……。

よかった。あの人がいなかったら、本当に心を奪われてしまうところだった。


休日が明けて月曜。朝の光が差す教室の戸を開け、僕は自分の席に座る。

教室窓際最後方。いつも通りの暗闇の世界。ところが——。

「誰……？」

声に驚きながら視線を向けると、隣の席の女子、清楚《せいそ》な黒髪のショートヘア、いつも誰かと話している女の子、佐藤《さとう》さんがぽかんとした顔で首をかしげていた。

「か、亀丸《かめまる》です」

「あ、そういえば……その、髪切った？」

僕が「う、うん」と頷《うなず》くと、佐藤さんは「そっか」とだけ言って机に視線を戻す。

「かめ、まる……？」

つぶやきに視線を向けると、前の席、バスケ部の熊谷《くまがい》君と一瞬だけ目が合った。

その後は普通。けれど佐藤さんも熊谷君も、何かと僕をちらちらと見てくる。

ただそれだけの事。

でも、教室の隅、僕だけしかいない黒の世界に少しだけ光が灯《とも》った気がしたんだ。

第四章　鷹見エレナの恋愛調教（トークについての考察）

深呼吸を一つ。二つ。昂《たか》ぶる心を静める。そして意を決して生徒会室に入る。

猪熊《いのくま》さんの魔法で生まれ変わった休日明け、月曜の放課後。

窓からの西日に包まれると、まるで舞台に立ったかのような感覚。

僕は「お疲れさまです」と小さく挨拶し、席に座る。そうして玲花《れいか》先輩を見る。

長い黒髪が今日も綺麗《きれい》だった。彫刻みたいに整った顔も、物憂げに細めた目も。

「…………」

玲花先輩はうつむいて机に置いた紙を凝視している。挨拶にも気づかないくらい集中してるせいかまだこちらに視線を向けてくれない。

いつもなら仕事の邪魔をしちゃいけないと僕はひっそりと息を潜めるだろう。けれど、今日だけは違った。そんな配慮なんかできない。もどかしさに身体がむずむずしている。

「玲花先輩」

とうとう堪《こら》え切れずに、用もないのに名前を呼んでしまった。

見てほしかった。変わった僕を見てほしい、そしてどう思うのか知りたい。

そして気づく。今までこんな気持ちを持ったことがあったのか、と。

ずっと玲花《れいか》先輩の美貌に気後れして、その視線から逃げ惑うようにしていた。醜い自分の顔を見られたくない、粗《あら》に気づいてほしくない、そんな風《ふう》に。

なのに今日は自分の姿を見てほしくて声をかけてしまった。

自信があった。玲花先輩の視線に耐えられるって自信が。

魔法だった。猪熊《いのくま》さんは本当に僕に魔法をかけたんだ。

——やっぱり僕は、先輩が好きだ。

猪熊さんの魔法で劣等感の暗い霧が晴れると、自分の気持ちまではっきりした。

僕は玲花先輩が好きで、やっぱり付き合いたい。そのために猪熊さんのように『変えられるものはぜんぶ変えてやる』って、努力しようって、今、決意ができた。

そう。決意は、できたのだけど……。

「…………」

玲花先輩はまだ無言。というかよく見ると目を細めているんじゃなくて普通につぶってるな。耳を澄ますと、すーすーって息遣いも聞こえてくるし。

背すじを伸ばしたまま爆睡。玲花先輩ぽさとらしくなさが同居している格好だった。

ただまあ……どうしたものか。髪を切った僕を見てもらいたいのだけど、お疲れのところに声をかけて起こすのは非常に申し訳ないし……。

悩む。悩みに悩んで、僕は席から立ちあがった。

別に夜まで寝ている訳じゃない。そのうち起きる。だから僕は生徒会室のソファに置いてある毛布を手に取った。冬場、玲花先輩がひざ掛けにしていた薄手の毛布だ。

それを玲花先輩の肩にかけるようにした。

「………ん」

まずい。こっそりかけたつもりだったけど、起こしてしまった。

ゆっくりと顔が上がり、ぼーっとした顔で僕を見上げる玲花先輩。

そんな寝起きの目がにっこりと優しく細まり――天使のような微笑《ほほえ》みになった。

なんだこれすごい。普段の凛々《りり》しい顔とのギャップで恐ろしく可愛《かわい》い。

見惚《みほ》れて凝視していたせいで視界がスローに映る。すると天使の笑顔の一点、桜色の唇がゆっくりと動いていき、

「せんぱ……」

玲花先輩が何かを言いかけて止める。目をごしごし、もう一度視線を僕の顔へ。

「わ、わあああっ!?　だ、誰だ誰わわっ!?」

がちゃーんと椅子ごとひっくり返る先輩だったけど、けっこう勢いよく倒れたぞ!?

「だ、大丈夫ですか!?　玲花先輩!?」

「へ？　は……き、君なのか？」

「ぼ、僕です。亀丸《かめまる》です」

「そ、そうか。……髪を切ったのか？」

「はい」

「……さ、さっぱりしたな。す、すごくいいと思うぞ」

それだけ言って玲花《れいか》先輩は立ちあがり、制服についた床の埃《ほこり》を払って席に戻る。

僕も安否さえ確認できれば特に言うべき事はないので席に戻る。座って息を一つ。

あれ？　あれあれ？　終わり？　大事故のついでにいつの間にか全部終わってしまった気がするぞ？　一応、ほめてはもらったけど……。

それに、玲花先輩が寝ぼけて言いかけた「せんぱ」の言葉だ。

あれはきっと……坂町《さかまち》先輩の事だったんだろうな。なぜか僕と坂町先輩を見間違えたようだけど、玲花先輩は坂町先輩に向かってあんな笑顔を向けるっていうのか。

ちょっと……きついな。嫉妬で顔が歪《ゆが》んでしまいそうだ。

「これは……？」

その時だった。玲花先輩が椅子の近くに落ちていた毛布を拾い上げた。

「毛布をかけてくれたのは、君か？　……ありがとう」

そうして優しい笑顔を向けてくれる玲花先輩。

すると、暗くじめじめした気持ちが急に晴れた気がした。

そうだ。さっきの笑顔とはもちろん違う。けれど玲花先輩はいつも僕に笑顔を向けてくれる人だ。なのに、そんな人の目の前で顔を曇らせてどうするんだ。

『――だから、笑顔』

猪熊《いのくま》さんの言葉がよぎった。だから、僕も――。

「いえ、驚かせてしまってすみません」

笑顔を作る。

少しだけ練習した笑顔。多分ぎこちない。ひきつっているかもしれない。けれど、僕は猪熊さんのように笑顔を作ってみせるって決めたんだ。

「…………君は、そんな顔をしていたのだな」

僕が笑顔を返すと、急に玲花先輩がぽかんとした顔になった。

「ど、どういう事ですか？」

「い、いや、その髪型の事だ。やはり良いな。ふふ、似合っているぞ」

最高の笑顔により近い笑みで、そうやってほめてくれる先輩。

自然に顔がほころぶ。嬉《うれ》しい。この人の前ではずっと笑顔でいよう。

そうやって決意し、思いを新たにしたのだけど、

「何となく『あの人』に似ている」

微笑《ほほえ》みのまま、玲花先輩が棚にある写真立てに視線を送る。

玲花先輩の想《おも》い人、坂町寅司《とらじ》先輩。今さら気づいたけど確かに僕の髪型に似ている。

もしかして寝ぼけて間違えたのはこの髪型のせいだったのだろうか。

「アメリカ、か。ふふ、あまりに遠いな」

そうして玲花先輩は窓の外の空を見上げるのだった。

「と――こんな事があったんだ」

生徒会室での一件を話し終えると、ため息がでた。

なのに傍らの女神さまは話なんか聞いていなくて、ご機嫌な様子なんだ。

「えへへ、かっこいいなっ♪　かっこいいなっ♪」

白星《しらほし》さんがにこにこしながら僕の髪をいじっている。

生徒会室での一件から一夜明けた翌日の昼休み。ここは校舎裏の丘の公園。

またピクニック式の昼食に誘われて今に至るのだけど、白星さんは膝立ちになりながらお弁当そっちのけで僕の髪を触ってくる。どうやら白星さんは僕の新しい髪型がいたく気に入ったようだ。

僕はといえば、白星さんの作ってくれたお弁当を前にしても、玲花《れいか》先輩の坂町《さかまち》先輩への未練を再確認してしまった事に落ち込み、なかなか箸が進まない。

「…………なんでまたこいつがいるの？」

「あ、みりあちゃん、待ってたよー！」

振り向くと、そこには揺れるツインテール。

ジト目の猪熊《いのくま》さんが登場早々びしいと僕の頭を指差してきた。

「整髪料、使ってないでしょ？」

「い、いや、今日は時間がなくて。……あと気力も」

「ああああセットだって簡単なようにって切ったのに！　次つけてこなかったら坊主ね！

大丈夫よバリカンだってすぐに出せるんだから！」

そう言ってカーディガンの懐からバリカン六丁を取り出して両手持ちにする猪熊さん。ちょっと待てハサミはまだ分かるけど、その空間はどこにあるんだ⁉

「だ、だめー！　坊主だめー！　こんなにかっこいいのにだめー！」

「きゃあああああ絵馬《えま》っ！　冗談なんだからこいつに抱き付くのやめてえええええ！」

また白星さんが本気で心配して僕の顔を抱きしめてくる。白星さんの匂いと柔《やわ》らかさで一瞬天国みたいな気分になった後に呼吸を塞がれて地獄に落とされるんだけど、まあ地獄でもいいかなここに埋まって死ねるなら本望だ…………って。

「し、白星さん！　大丈夫！　大丈夫だから！」

危ないまた堕落するところだった！　僕には先輩がいるっていうのに！

「それよりダメ丸の願いは解決したの？　絵馬が甲斐甲斐《かいがい》しいところをみるとまだ解決されてないみたいだけど」

そうだった、猪熊さんが嫌々ながらも僕を改造してくれたのはそのためだった。僕の祈願の成就、そしてそれによる白星さんの女神スイッチの解除。

けれど、それはそんな簡単な事ではない。

「…………返り討ちに、あったというか、改めて距離に愕然《がくぜん》としたというか」

昨日の一件を思い出してうなだれる。すると白星さんがあせあせ必死な表情で、

「か、亀丸《かめまる》くん大丈夫だよ！　時間が経《た》てばきっと獅子神《ししがみ》先輩だって亀丸くんのかっこよ

さに気づいてくれるよ！」

「それは絶望的というか……って」

あれ？　そう言えば近くで猪熊《いのくま》さんがジト目でこっちを見てるぞ。

「白星《しらほし》さん、玲花《れいか》先輩の事は言っちゃだめだああああああ！」

「うあああああああああああ！　ごめんなさいいいいいい！」

白星さんが目をぐるぐるさせてわたわた手を振ってるけど、やっぱり漏れたなあ！

「はあ……大丈夫よ。何となく分かってたから。あんたが生徒会所属って聞いた時に」

猪熊さんの嘆息まじりの発言に驚く。何てことだ、普通にばれていた？

「けれどあの生徒会長ねえ……相手悪すぎじゃない？」

「みりあちゃん！　亀丸《かめまる》くんをもっとお洒落《しゃれ》にすれば上手《うま》くいくと思うの！　だから」

「いや無理でしょ」

猪熊さんが即答した。

「ここからは体ごと造り変えるつもりで年単位の時間をかけないとマイナーチェンジくらいにしかならないわ。……整形でもする？　でも骨格を変えるくらいの大工事は、仕事のためならいいけどそれ以外では勧められない。ものすごいお金もかかるしね」

「い、いや、それは、しないかな僕は、さすがに」

「それに、外見だけの問題でもないんでしょ？　あの堅物を振り向かせるには」

その通りだ。猪熊さんのおかげで努力するって覚悟を決める事が出来た。これはものすごく大きい。でも外見の努力だけでは解決できそうにないってことは実感している。

「で、ダメ丸はなにが足りないと思うの？」

「……何だろう、そもそも先輩後輩の関係から近づける気がしないっていうか」

「じゃあ近づけばいいじゃないの。楽しくおしゃべりして、仲良くなったらデートにでも誘えばいいじゃない。逆に近くにいるのになんでしないの？」

「いや、業務的な事しか話せないっていうか……」

「よくわかんないんだけど。なんで普通に楽しく話せないの？」

断絶を感じた。猪熊さんはお洒落の事なら意外なくらい僕の目線で考えてくれたけど、ここは猪熊さんと僕の目線が明らかに違って話がかみ合わない。そのざっくりした『普通』が僕には全く分からないんだ。

例えばそうだ、仕事の用事で一問一答ならできるけど基本的に楽しい話なんて思いつかないし前日に面白いネタをメモに書いて仕込んでも全部が全部唐突すぎるように感じて結局話せないしいざ会話して玲花先輩に苦笑いされたらもう死ぬというか――。

「わかったよ！」

白星さんの声が暗い思考の歯車を止めた。

「要するに、楽しく話せるようになればいいんだよ！」

「楽しく話せればって言っても……それが問題で」

「だからそれを解決するために助《すけ》っ人《と》を頼もうと思うの！」

そうして白星《しらほし》さんはまた最高の笑顔を見せた。

放課後。午後の休み時間を使って今日分の生徒会の仕事を終わらせた僕は、白星さん、そして猪熊《いのくま》さんとともに校舎三階奥、文芸部部室の前に立っていた。

なんとなく流されるままについてきてしまったけど、猪熊さんの言った『変えられるものはぜんぶ変えてやる』の通りに、玲花《れいか》先輩と付き合うためなら何でもやろうという気持ちから素直に従ったというのはある。

「助《すけ》っ人《と》っていってもエレナでしょ？　ねえ、やめよ？　時間の無駄よ。…………せっかくあたしだけでバレる前にさっさと解決しようと思ったのに……ぶつぶつ」

猪熊さんが顔をしかめてよく分からない事をつぶやいていた。昼休みに鷹見《たかみ》さんの話が出てからずっとこんな調子だった。

鷹見エレナ。それは白星さんの親友の一人だ。

前年度ミスコン一位の超絶美人、また部員数一名の文芸部部長でもある。

本来部活は部員数三名未満になった場合廃部となるが、それでも彼女の存在のおかげで文芸部は存続を許されているのだった。

「大丈夫！　エレナなら教えてくれるよ！　だってプロの恋愛小説家なんだもの！」

文芸部が彼女一人のために存続を許されている理由、それがここにある。

鷹見さんは現役美人高校生作家としてよく雑誌に取材されている。そんな彼女の執筆場所は文芸部室で、そのせいか特例で部活の存続を許されているのだった。

「エレナ、入るね？」

白星さんがドアを開けるとアンティーク調の机や椅子、明らかに私物化して改造した部室。その奥の机に向かう長い黒髪の女の子が、椅子ごとこちらに振り返った。

「どうしたの、絵馬《えま》？　というのは白々しいわね。要件については聞いているわ」

夜空を溶かし込んだような黒髪が揺れる。吸い込まれそうな輝きを放つ切れ長の瞳がこちらを見つめている。組んだ黒ストッキングの長い脚に頬杖《ほおづえ》をつくその姿は、優美で神秘的で、やっぱり圧倒的な美人っぷりだった。

この鷹見さんが、僕の楽しく話すための助っ人らしい。

「楽しく話すためのコツを教えてほしい、と聞いたのだけれど……私にできるかどうかは分からないわよ。私は小説家で、書く専門家ではあるけれど話す専門家ではない」

「できるよ！　だってエレナと話してるとすっごく楽しいし！　それにエレナの小説って会話がとってもお洒落《しゃれ》だからすっごくいいなって思うの！」

「ああ、絵馬ったら……いいわ、まずはこっちに来て、お茶でも淹《い》れるわ」

普段はクールな顔をうっとりとさせた鷹見さんに促され、僕たちは部室の中へ。本棚で区切られた部屋の奥側に案内されると、そこにはカフェにありそうな鉄製の丸テーブルと椅子、洗面台とポット。そして……え？

「も、もうエレナったら！　わたしの写真貼るのやめてっていつも言ってるでしょ⁉」

困り顔の白星《しらほし》さんが指差した先は部室最奥、そこには額入りのものを中心に白星さんの写真が壁一面に……ずいぶんびっしりと貼ってあるなあ。

「嫌よやめないわ。だって絵馬《えま》は私の神様だから。いつも絵馬に見られながら執筆したいって思っているの」

鷹見《たかみ》さんが得意げな顔で髪をかき上げる。

「それに、ふふ……毎晩絵馬の夢を見たいのよ。だからいつも脳内にイメージとして残せるようにしたいの。ああ昨日の夢は本当に良かった。絵馬の赤ちゃんとして生まれ直して『ママー』と甘えながら授乳される夢。絵馬の母乳という純粋なる絵馬のエキス、いえ、まさに神の雫《しずく》が五臓六腑《ごぞうろっぷ》に染み渡り絵馬と一体化したかのような至福。これほど朝起きて現実ではない事に気づき哀《かな》しくなった事もないわよ」

な、何というか……鷹見さんは美人な顔でとんでもない事を言うなあ。

「相変わらずね！　なんであんたってそんなに気持ち悪いの⁉」

猪熊《いのくま》さんがびしいと鷹見さんを指さして僕が言いたかったことを代弁してくれる。

「ふふ、言ってくれるじゃないの。二位のくせに」

「ぐぐ、ぐぐぐぐ……そっちも毎度毎度よく言ってくれるじゃない」

二位。その言葉を鷹見さんが出した途端、二人の間の空気がぴりぴりしだした。

今の会話で思い出すのは昨年の学園祭のミスコンだ。鷹見さんが一位で猪熊さんが二位だった。モデルの猪熊さんは本職なのに負けた事を気にしているのかもしれない。

「も、もう二人ともいつもいつもやめて！　ちゃんと仲良くだよ！」

白星さんが仲裁に入ると、二人は唸《うな》りつつも黙る。どうやら普段からこんな感じらしいけど、いつも三人でいるのは白星さんの人徳で繋《つな》がっているからなんだろうか。

鷹見さんがため息をつく。そして、初めて僕に目線を向けた。

「本題に戻りましょう。それで、楽しく話すためのコツを教えてほしいとだけ聞いたのだけど……もしかしてこの男に教えろというの？　先ほどから敢《あ》えて無視していたこの路傍の石以下にしか見えない冴《さ》えない男に。というか誰？」

「同じクラスの亀丸《かめまる》くんだってばあ！」

やっぱり認知されてなかった。まあ慣れっこだけど。

それに鷹見さんの美人過ぎな威圧感や変態っぷりに圧倒されていて忘れていたけど、そもそも僕が鷹見さんに何かを教えてもらうのってかなり難しい気がする。

「まあどんな男だろうがどうでもいいわ。――もちろん断るのだから」

案の定きっぱりと拒否。猪熊さんと同じ、鷹見さんもそれは相当な男嫌いだ。

「ふふ、要するに女の子とどう会話するか教えてほしいと推測するのだけど……男に女性と会話する方法なんて教えても無駄よ。男などいつまでも何歳になっても『可愛《かわい》い、ヤリてえ』でしか女を評価できない獣《ケダモノ》ばかり。コミュニケーションという言葉からは最も遠い生物だわ。だから私は小説で理想の男性との恋愛を書いている訳だし」

涼しい微笑《ほほえ》みのまま流れるように毒を吐く鷹見さん。いつも通りの鷹見さんだった。

「そ、そんな事ないってばあ！　亀丸《かめまる》くんはすごくいい人なの！　でもきっかけが掴《つか》めないだけなの！　だから少し手伝ってあげればきっとできるようになるの！」

それに比べて白星《しらほし》さんは本当に優しい。まあ、『アレ』のせいでもあるんだけどさ。

と、一転、鷹見《たかみ》さんが目を丸くして驚いたような顔をしていた。

「え、絵馬《えま》……貴女《あなた》、まさか」

「そのまさかよ」

猪熊《いのくま》さんが横からずいっと迫ってきた。

「あんただって断りたいでしょう、気持ちは分かるわ。けれど、スイッチが押されちゃったのよ。絵馬の女神スイッチが」

「そ、そんな……」

鷹見さんの顔が真っ青になる。その代わりに赤くなり始めたのが猪熊さんの顔だ。

「だから早くこのダメ丸の願いを叶《かな》えてスイッチを解除しないとまずいの！　現に絵馬が危ないの！　今だってこいつは絵馬の胸を触りまくってるんだから！　谷間に顔を突っ込んだり服に手を入れて揉《も》みまくってるんだから！　あああなにこの本格性犯罪者め通報するしかないじゃないの！　この痴漢！　ヘンタイ！　全自動セクハラマシーンーっ！」

「うわあああ、し、してない！　僕はしてない！」

途中でぐんぐんヒートアップしてツインテールをぶんぶんぶん振り回す猪熊さん。

というか白星さんの胸については意図的に顔を突っ込んだり揉んだ事実はない！

「ねえ、みりあ。……どういう事？　定時報告で聞いていないのだけど」

するとと突然、驚くほど冷たい声色が鷹見さんの口から飛び出てきた。

「あ……その、ごめん。あたしの守護の時にスイッチが入っちゃったみたいで……だからあたしだけで何とかしようとしちゃったっていうか……」

それにあの猪熊さんが瞬時に鎮火、意外なくらい素直に申し訳なさそうにしている。

「……まあいいわ、こういう報告の類って怒れば怒るほど隠し事が増えてしまいがちだしね。全ては絵馬のためだから許すわ」

定時報告ってなんだ？　白星さんも首をかしげているけど、もしかしてこの件があるから猪熊さんは鷹見さんに会いたがらなかったのかとか色々思ったけど……。

「それに貴女に怒っている場合じゃないのよ。それよりも――」

気づく。猪熊さんに向けられていた鷹見さんの殺気が、僕に向けられている事に。

「ねえ貴方《あなた》、絵馬の胸を触ったの？」

「い、いや、その」

「正座」

鷹見さんの殺気が一段と膨れ上がった気がして、僕は思わず「ひ」と声を上げ、反射的に正座してしまう。そして鷹見さんが近くの椅子にひらりと座り、組んだ長い両脚が大きく振り上がって――。

めきっ！　と音がして鷹見さんの上履きの踵《かかと》が僕の脳天にめり込んだ！

「ひぎぃ！　な、何を⁉」

ええと、その、椅子に座った鷹見《たかみ》さんが、床に正座した僕の頭を、足置きのように踏んでいる形になっているんだけど……⁉

「ふふ、絵馬《えま》が断れないと思って好き放題してくれるじゃないの。さあそれ以外にどんな悪事を働いたの？　返答によってはもう一度踏むわ。もちろんシラを切った場合もね」

「もう、違うってばあ！　亀丸《かめまる》くんはそんな事してないしされた覚えもないもの！　それに亀丸くんを踏んじゃだめ！」

白星《しらほし》さんが弁解をしてくれても僕は正座＆足置きの姿勢のままだ。しかもこの体勢だと普通に黒スト越しにパンツ見えてるし白のレースだしなんなんだ……⁉

「それなら質問を変えるわ、貴方《あなた》が絵馬に願った事は何？」

鷹見さんの質問に、思わず口ごもる。

「私だって知っているわ。絵馬がこうなると願い事を成就するまで止まらない。いいわ、みりあも色々動いていたようだけど、解決に向けて私も動いてあげる」

猪熊《いのくま》さんにも同じように聞かれたことがあったけど……どうしたものか。

「あたしが代わりに言うけど、おおむね『彼女が欲しい』とかそんなとこよ」

猪熊さんが僕の代わりに答えてくれるけどちょっとニュアンスが違う。表現がド直球過ぎて恥ずかしいお願いに聞こえる。でも猪熊さんなりに配慮して玲花《れいか》先輩の事をぼかすように言ってくれたのかもしれない。

「そう『彼女が欲しい』のね？　それなら簡単じゃないの」

鷹見さんがそう答えるけど、簡単なはずがないじゃないか。玲花先輩と僕との距離は遠すぎるっていうのに。

そう思っていたら――。

「私が付き合うわ」

ぶっ放されたのは意味不明すぎる解決策だった。

「言葉の通りよ。私が付き合うわ。はいこれで終わり。絵馬、お疲れ様。もう大丈夫よあとは私が亀丸くんを幸せにするわ」

冗談にしては冷静すぎる口調。皆どう反応したらいいか分からずおろおろしている。

「ふふ、よもや文句などあるわけないわね？　ミスコン一位の彼女よ。別に付き合った事を周りに言いふらしてもかまわない。私から告白されたと自慢してもいい。どう？　とっても優越感に浸れると思うの。バカな男はそういうのに憧れるのでしょう？」

「で、でもそんなの嘘《うそ》だしだめだよ！」

「嘘じゃないわ、絵馬。ふふ、それならば絵馬を護《まも》るという覚悟のほど、その証拠を手っ取り早く見せてあげましょう」

と、鷹見さんが僕の頭から足を下ろしたかと思えば、正座している僕の目線に合わすように床に膝をつく。至近距離には宇宙みたいに深い色をした黒い瞳。そして鷹見さんの両手が僕の後頭部に回り、その顔が僕の視界いっぱいに近づいてきて――。

キス、されてしまった。

しかも、

「んん――――――――――っ⁉ (ちゅるちゅるちゅるちゅるちゅるちゅるちゅる!)」

待って。待って待って待って。し、舌! 舌がにゅるるるって!

事態に気づいて数秒、抵抗するため肩を掴《つか》むとつぷと音がして……やっと唇が離れた。

「ふふ、最悪。貴方《あなた》の唇の形なんか覚えてしまったわ。初めてなど気にしない性質《たち》だけど……貴方とだなんてあんまりね?」

ええと……いったい今、何が起きたっていうんだ⁉

傍らの白星《しらほし》さんも猪熊《いのくま》さんも絶句。絶句&絶句。驚きのあまり完全に硬直している。

「どう? 光栄でしょう? ファーストキスを私で経験できるなんて。それも文句なしに言い訳のできないキス。ふふ、これで契約完了ね。貴方の彼女は私よ。物語でもそうでしょう? 基本的に最初にキスをした女の子がメインヒロインなのだから」

本当に、意味不明だ。冗談なのか本気なのかも全然分からない。

と、白星さんが凍りついた状態から、いきなりぼん! と顔を赤くさせた。

「あ、その……か、亀丸《かめまる》くんの初めては……ち、違うかも」

目を泳がせて頬《ほお》をぽりぽりする白星さん。いや一応初めてなのは事実なんだけど……。

「って、そうじゃなくて! え、エレナ何してるの! そ、そんなのおかしいよ!」

ようやく至極まともで当然な意見が出てきた。そうだ。いくら白星さんの女神スイッチを解除するためだといっても、その代わりに僕と付き合うなんてもう色々無理がある。

「おかしくないわ。私は絵馬《えま》のためなら命だって捨てられるもの」

無表情に、だけど目に狂気の光を灯《とも》しながらそう言う鷹見《たかみ》さん。

「それに……ねえ、貴方。私の事嫌い？」

鷹見さんがまた甘い吐息のかかる至近距離に顔を近づけて、僕にそう訊《き》いてくる。

「い、いや、嫌いではないけど……まだそこまで知り合って」

「私、綺麗《きれい》？　可愛《かわい》い？」

「み、ミスコン一位だし、可愛いだろうとは思うけど」

「ならいいじゃない付き合いましょう？　ふふ、キスだけならいつでもどこでもさせてあげるわ。クラスみんなの前で舌を入れたっていい。それに——その先だって構わない」

凶悪な発言すぎる。頭がくらくらしてきた。もう僕じゃ対処不能だ！

「ふふ、本当にいいのよ、キスより先も。けれどその代わり貴方の彼女として『お願い』があるの」

「……お、お願い？」

思わず聞き返してしまうと、鷹見さんが腰を起こしてひらりと椅子に座り直し、

「正座」「んぐぅ!?」

また僕の頭を組んだ足で踏みつけてきたぞ!?

「ふふ、私、執筆するときの足置きが欲しかったの。貴方の踏み心地、なかなか悪くない

わ。彼氏の務めとして彼女のいう事は聞いてくれないと」

「ぐ、ぐぐ……冗談なのは分かったから、普通に上履きを履いた足で踏むのはやめてほしいなあ……！」

「ふふ、いいわ。彼氏のお願いなのだから上履きくらいは脱いであげましょう（げしり）」

「んぐっ！　全然問題が解決されてないんだけど……！」

まだ僕は正座&足置きのままだった。それにさっきとは違って脳天に黒スト越しの体温が伝わってくるしなんなんだ……！

「そうね、そのまま足置きとして頑張って私を満足させたならば、彼女としてエッチなことだってさせてあげる。体育倉庫やトイレの個室に連れ込んだっていい」

「だ、だから、もうそんな冗談は！」

「嘘《うそ》偽りはないわ。ただし……私が満足するのがいつかは指定できない。私がその気になれば一〇年後二〇年後でも可能と言う事よ……！　これなんでしたっけ？　ふふ、昔の漫画の台詞《せりふ》ね」

涼しい笑みで髪をかき上げながら、踏みつけたままの僕をぴしと指さしてくる。

うう、なんて体を張った悪質な冗談を言うんだ鷹見《たかみ》さんは！　それに言葉で煙に巻きつつ男を服従させるのがいつもの鷹見さんだって聞いているけど、直接対峙《たいじ》するとここまで困惑するとは思ってもみなかった。

「もう、踏むのやめてってばエレナ！　それにやっぱり嘘だよそんなの！」

「絵馬《えま》、何が嘘だというの？」

「そ、それじゃあ付き合ったって言えないもん」

「大丈夫よ、定期的にデートしたり……まあ荷物持ちだけど。そして一緒にプールや温泉に行ったりしていわゆるラッキースケベなイベントも仕掛けたりするわ。それにキスならいつだってしてもいいと言っているのだから間違いなく恋人でしょう？」

「だからそういう問題じゃないってばあ！」

「そういう問題よ。だいたいの男って生き物は、可愛《かわい》い彼女がいる、どこそこでデートした、エロい事をした等々、そんなイベントを経験する事自体を付き合う事だと思っているのだから。まるでゲームのトロフィーを集めるようにね。単純に『彼女が欲しい』と思っている男なんてこんなごっこ遊びで十分よ」

鷹見さんが、踏みつけた僕を見下すように言う。

途中までは冗談交じりの言葉。でもこの最後の台詞だ。これだけは言いっぱなしにさせてはいけない。これを認める事は、あの人への侮辱だ。

「――違う。僕は彼女が欲しいんじゃない。『あの人が好き』なんだ」

「ふふ、その人より可愛い子や優しい子なんてたくさんいるわ。そんな子が現れたらどうせそっちを取るのでしょう？　強情ね、それなら週一回は私の身体の好きな――」

「いらない。僕は、あの人がいいんだ。可愛くなくても、人より性格に難があっても、僕はきっと……あの人を好きになっていたと思う」

初めてその瞳の中に僕の居場所を作ってくれた人。だから、僕はあの人が好きだ。

「それは嘘《うそ》ね。顔が可愛《かわい》いから好きになったのでしょう。最悪に醜い女を好きになる男なんていないわ」

確かに玲花《れいか》先輩は綺麗《きれい》だ。その要素が全くないかといえば嘘になる。でも……。

「ふふ、謝るわごめんなさい。極端な例を出した時点で私の負けね」

一転、鷹見《たかみ》さんの仕方ないといったようなため息が聞こえた。

「①とにかく誰でもいいから彼女が欲しい、②可愛い・優しい・趣味が合う、などある条件を満たす彼女が欲しい、③ある特定の個人を彼女にしたい、この三つには明らかな違いがあるわ。前者ふたつは単なる性欲か身勝手な所有欲、相手にする価値もない。けれど③を考えている人間ならば少しは相手にしてあげてもいいと思っているの」

頭が軽くなる。やっと鷹見さんが足を離してくれたみたいだ。

「私の考える恋愛および会話の要点『相手を知ろうとする』ということ、その素養が少しはあると認めてあげましょう」

視線を上げたその先には――。

「さあ、立ちなさい。調教の時間よ」

黒髪の悪魔が微笑《ほほえ》んでいた。

紅茶の香りが部屋に漂っている。椅子に座る僕は、正座で鷹見さんの足置きにされていたせいで痺《しび》れていた足をさすりつつ、ティーカップに口をつける。

文芸部室奥、湯気を立てる紅茶の並ぶテーブルを僕たちは囲んでいた。僕の両隣には白《しら》星《ほし》さんと鷹見さん、向かいに猪熊《いのくま》さんの形だ。

「その、さっきの！　やっぱりすてきだと思ったよ！　可愛くなくても獅子《しし》神《がみ》先輩を好きになってたってセリフ、すごくすてき！　好き！」

隣の白星さんが目をキラキラさせて、むふー、と鼻息荒く僕を見つめていた。

そう言えばそもそもの始まりは白星さんがそんな風《ふう》に僕の恋愛に興味しんしんになってくれたことだった…………………って。

「白星さん、玲花先輩の事は言っちゃだめだあああああ！」

「うああああああああああ！　ごめんなさいいいいいいい！」

白星さんが目をぐるぐるさせてわたわたしているけど、普通にダダ漏れてるなあ！

「別に誰でもいいわ。それよりさっさと貴方《あなた》の調教を始めましょう」

鷹見さんが僕の方へ体を向けて足を組み直す。調教って言葉が気になったけれど鷹見さんの目がす、と真剣みを帯びたので僕も背筋を軽く伸ばす。

「まずそうね、私の教える会話のコツなんて『本物』の前では大したことがないのよ。会話というか、コミュニケーションの真髄を体現した実例が身近にあるわ」

「そんなすごい存在が、身近に？」

「それは……この子よ」

そうして指さしたのは、白星《しらほし》さんだった。

「わ、わたし!?」

「そうよ、絵馬《えま》こそが神様よ。ああ本当に素晴らしいわ……!」

「そ、そんな事言われても、わたし、気の利いた事とかも言えないし! そ、それより早く亀丸《かめまる》くんに教えてあげて!?」

また大好きを全力で表現する鷹見《たかみ》さんだったけど、照れてあせあせな白星さんに「……冗談でも何でもないんだけどね」と小さくこぼすのが聞こえた。

「まあ私は絵馬が頂点だと思うけどコミュニケーションの才能にあふれる人間はたくさんいるわ。ネタや冗談を言う才能、傾聴する才能、いじりの才能、もしくは好ましい沈黙を作れる才能、等々。でも、会話が出来ないと自覚する人間は生憎《あいにく》そういった才能は持ち合わせてはいないのよ。だから、意識して会話しなければいけない」

モデル集団に出くわした時の猪熊《いのくま》さんも同じような話をしていた。すらすら流麗に話す鷹見さんだけど、そんな風《ふう》に才能がないと自覚する視点から話すなんて意外だった。

「楽しく会話する、それにはそもそも『楽しい』ってどういう事なのかを考えるべきだと思うのよ」

根本的すぎて難しい。難解な言葉で男を煙に巻く鷹見さんらしいともいえるけど。

「貴方《あなた》、なぜ自分がその人と楽しく会話できないって思うの?」

「その……話しかけられれば単純には答えられるけど、こっちからは話せないというか。

楽しく会話するにも、楽しい話題なんて思いつかないんだ」

「それじゃあ貴方は楽しい『話題』を提供して盛り上げる事が楽しい会話と思う訳ね？」

「そうだと思うけど……」

クラスでみんなの中心になるいわゆるリア充の男はそんな感じだと思う。いつも面白い事を言って周りを盛り上げている。それが楽しい会話って事じゃないんだろうか？

「正座」「ひっ」

いきなり殺気が飛んできて反射的に床に正座。またげしりと足が降ってきた！

「ちょ、なんでまた踏む!?」

「そ、そうだよエレナ！　なんで亀丸くんの事踏むの！」

「ふふ、あまりにも恥ずかしい勘違いを口に出すからよ。見えるわ……例えばわざわざ家で明日は何を話そうかなんてネタを仕込んで当日に滑り倒す貴方の姿が。もしくは相手のＬＩＮＥでネットで見つけた面白画像なんかを送り付けてその寒さに相手を震え上がらせる貴方の姿が。終《しま》いには呆《あき》れられて既読無視されているというのに『生きてる？笑』だなんて冗談めかしたつもりで情けなくみじめな質問を送信してしまう。それを想像するとあまりに痛々しくてこちらまで居たたまれなくなったので――踏んだわ」

「完っ全に意味不明だ……！」

鷹見さんにワガママに踏まれたいとかそれはご褒美だとか考える男はたくさんいるだろうけど僕にその趣味はない。恥ずかしくて屈辱的でしかない、くそう、それにやっぱり普通に黒スト越しにパンツ見えてるんだけどなあ……!?

「それでね、勘違いなのよ、面白いネタや話題を話さなくてはいけないという事は。あんなものは完全に才能。努力するにもお笑いという芸事の切り口から入れば時間がかかる。それに普段話せない人間がたまに面白いネタを言えたとしても、注目されるのは貴方《あなた》ではなくそのネタだけ。会話ができたという結果は残らないわ」

僕に面白ネタを話すなんて無理があって、だから僕には楽しく話す事なんてできないと思い込んでいた。だからこの意外な発言に安心してしまっている。

でも、それじゃあ実際の会話で一体何を話せばいいっていうんだろう?

「さて、そろそろ楽しい会話というのはどういうモノなのか、この話題に戻りましょう。そしてそれを理解するためには、一つの大きな『前提』があるのよ」

ずいぶん神妙な口調になった鷹見《たかみ》さんが一呼吸おいて、

「それは――『人間は他人に興味はない』という事よ」

当たり前でいて当たり前でもないような、不可解な台詞《せりふ》だった。

「とっても普通の事じゃない? 普通は人って自分本位なのよ。自分が世界の中心だし、自分の時間も労力も何もかもは自分のために使うべきだと思っている。世界はもっと自分に興味を持つべきだとさえ心のどこかでそう思っているわ」

極論とも思ったけど一面の真実かもしれない。少なくとも僕は自分の事だけで精いっぱいで、時間も労力も自分だけのために使わざるを得ないと思っている。

「そうよ、他人に興味なんてない。自分の事が中心、他人のために力を使うなんて本能的にできることじゃないの。だからこそ――」

鷹見さんが言いかけて、なぜか白星《しらほし》さんをちらりと見た。

「まあそれはいいわ。それはそうとこの人間は他人に興味がないという原則。これを努力によって覆した時『ああ、この人は他人なのに自分に興味を持ってくれている、嬉《うれ》しい』という感情が生まれるのよ。こう思わせる事が会話においての大きな目的となるわ」

確かに、誰かが自分に興味を持ってくれたということは単純に嬉しい事だ。玲花《れいか》先輩や白星さんが僕にそうしてくれたように。

けれども、少しだけ気になることがあるんだ。

「鷹見さん……真面目な話してるとこ悪いけど、そろそろ踏むのやめてくれないかな」

「ふふ、失礼（げしり）」

「いや上履き脱げばいいって話じゃないんだ」

実は、さっきからずっと踏まれたままだ！

「そ、そうだよエレナ！　そろそろやめてってば！　踏んじゃだめ！」

白星さんのお願いにも微動だにせず。どうやら踏まれたまま話が続行しそうだぞ!?

それに鷹見さんのいう会話の原則は理解できたけど「自分に興味を持ってくれた」という感情を相手に抱かせるには、実際にどんな会話をすればいいんだろう？

「ふふ、具体的にどうやればいいのかが問題って顔ね？」

「そうだけ……んぐうなんで踏み直した!?」

「やり方はいろいろあるけれど、まず一番は――自分の事は話さず、相手の話を聞く」

鷹見《たかみ》さんが僕をぴしりと指さして言った。

「どこかで聞いた事はあるでしょう? 楽しい会話の極意とは。曰《いわ》く、自分の事ばかり話すな、曰く、相手の話を聞くべし、曰く、とにかく相手に質問すべし。……まあ、当たり前の事なのだけど」

それは常識的なことだとは思う。自分の事ばかりべらべら話す人が好まれるというのは聞いた事がないし、話が聞ける人間の方が好意を持たれるはずだ。

「これこそがさっきの原則に適《かな》うのよ。人間は他人に興味はない、けれど裏を返せば人間って『自分には興味津々』なの。つまり話を聞きつつ質問して、相手に思い切り自分の事を喋《しゃべ》らせてあげる事が、ああ、私に興味を持ってくれているのだな、という感情を引き起こして好意につながるのよ」

それはそうだ。よく考えると特別な事なんてない単純な話だ。

相手の話を聞く。質問する。けれど当たり前の事ではあるけれど……。

「それをどうやれば分からないのよね貴方《あなた》みたいな足置きは」

その通り過ぎた。それができないから困っているんだけどって話ではあるんだ。あまりに自然に足置き呼ばわりされたからそこは突っ込めなかったんだけど。

「だから私が教えてあげるわ。相手の話を聞く事ができるようになる具体的な方法を」

自信満々に放たれた具体的の言葉に背筋を伸ばす。現役小説家、この言葉のスペシャリストの口から出てくるのは、いったいどんな方法なのだろう。

鷹見さんがまた僕をぴし、と指さす。そして――。

「**相手のスケジュール帳を書きなさい**」

意味不明だった。

「ここに手帳があるわ。一冊あげるからターゲットの生活パターンをすべてここに書きこみなさい。学校・部活の時間はもちろん帰宅時刻、家までかかる距離および移動手段と到着時刻、夕食の時間、お風呂、就寝時間、そのすべてをよ」

鷹見さんが制服の懐から一冊の手帳を差し出した。シンプルな革の手帳、それを受け取って開くと……まあ普通のスケジュール帳だ。一ページ一日、縦軸には○時〜二四時。

ええとそうじゃなくて、聞き違いかと思ったけど『相手の』ってまさか。

「ち、ちょっと待ちなさいってば！　そんなのストーカーじゃないの！」

今まで黙っていた猪熊《いのくま》さんが立ちあがって、僕の思った事を代弁してくれる。

「もうなに!?　ただでさえストーカーぽいこいつを本物のストーカーにしてどーすんのよ！　そんな事教えたらこいつなんてきっと望遠レンズ付きのカメラで相手を盗撮するに決まってるんだから！　屋根裏に侵入して天井の穴からあたしを凝視するに決まってるんだから！　あああこの痴漢！　ヘンタイ！　むっつりスケベネズミーっ！」

ぐ、ぐぐ、勝手に僕をストーカー扱いして……！　それに途中から自分への被害妄想にシフトしてツインテールをぶんぶんさせての大炎上だよ！

ただし言いたいことは僕も同じで、なかなか陰湿なストーカーぽい事を言い出したと思っているんだけど……。

「ストーカーとは違うわ。その証拠にこのスケジュール帳を作った際にできる事を教えましょう。例えば――最高に暇なタイミングで電話する」

「へ？　最高に暇なタイミング？」

ツインテールをぶんぶんさせていた猪熊《いのくま》さんがぴたりとストップして、首をかしげる。

「そう、ストーカーは相手が忙しかろうがただひたすらに電話して相手に嫌われる。でもこの手帳を作る目的は違うわ。生活パターンを把握して、もう自分と話すしかないくらい暇な時を割り出すの。移動の待ち時間、寝る前の空虚な時間、それらをさらに選別してこしかないという時に電話なりＬＩＮＥをする。自分の欲求を満たすためでなく、相手の都合を優先させるために一流営業マンのように相手の情報を把握する。そのための手帳であり、これがストーカーとの違いね」

それでも猪熊さんはジト目だ。まあ忙しい時を避けて連絡するのは大事かもしれないけど、まだまだ僕も苦笑するしかない。

「そしてこんな事も出来るわ。ええと、絵馬《えま》」

「へ？　な、なに？」

唐突な呼びかけに、今まで黙ってもじもじしていた白星《しらほし》さんが素っ頓狂な声を上げた。

「お手洗い、行っていいわよ。この部室は個室トイレもあるのだし。知っているわ。絵馬ってカフェインを摂取するとすぐトイレに行きたくなるのよね」

鷹見《たかみ》さんがテーブルに並べられた紅茶のカップを指さすと、白星さんの顔がみるみる紅潮する。ええと、もじもじ黙ってたのはトイレに行きたかったからなのかな？

「も、もうエレナってば！　亀丸《かめまる》くんの前でやめて！」

「ふふ、ごめんなさい。でも、そろそろ絵馬自身のトイレの時間でもあるでしょう？」

「へ？　……ふぇ？」

「ふふ、大丈夫よ。私は絵馬の事なら何でも知っているのだから。絵馬の生活リズムはこの『絵馬日記』に全て書いてあるの」

そうして鷹見さんが懐から取り出したのは、僕のと同じ手帳だ。ページを開くと、その中は細かい文字でびっしりと埋め尽くされていた。

「絵馬については絵馬年代記、絵馬年鑑、月報絵馬そしてこの絵馬日記があるのだけど、絵馬の尿意のバイオリズムは日記の方に詳細な記録があるの。絵馬の尿意は朝七時ごろからおおよそ二時間おきにある。現在は予定時刻から二〇分も経過している。ふふ、そこにカフェインが加われば尿意はすでに限か」

「わわわわわわわエレナやめてやめてええええええ！」

白星さんが手帳を奪い取ろうとぐるぐるパンチ気味に鷹見さんに飛び掛かったけど、鷹見さんの長い腕で額を押さえられて空振りしている。そのうち「ん……」とお腹《なか》を押さえて涙目でトイレに駆け込んでしまった。

トイレのドアが閉まると、文芸部室に静寂が訪れる。

紅茶のカップに口をつける鷹見《たかみ》さんに、猪熊《いのくま》さんが顔を引きつらせていた。

分かる。何にも言えない。でも言うだけ野暮《やぼ》だけど断言してみる。この手帳はストーカーの持ち物だ。

「さて、気を取り直してこの手帳で達成すべき最終目標を提示しましょう」

もうお腹《なか》いっぱいで帰りたいんだけど、驚くことにまだ頭を足置きにされて踏まれているんだこれが。それに、最終目標という言葉だけはやはり気になる。

「この手帳の最終目標。それは――『疲れている時にお疲れさま』と言う事よ」

最終目標といいつつ、これも何だか普通すぎる事だった。

「これを突き詰めていけば、心を開かない女の子なんていないわ」

けれども鷹見さんは断言までしている。

「ただし、このお疲れさまにはある条件があるのよ。それは、お疲れさまを本当に疲れている時に言う事なの」

「……本当に疲れている時？」

「疲れていないのにお疲れさまって言われても『お、おう』で終わりよ。それは分かるわね？　でも、いつ本当に疲れているか、それはどうやって知ると思う？」

「どうやってって……疲れてる？　ってそう訊《き》けんぐう！」

「直接その都度本人に聞くのは大間抜けの上、下心の透けた見苦しい行動とします」

い、いちいち踏まないで欲しいんだけどなあ！　パンツも見えてるのに！

「それに――人間は肝心な事は自分から話してはくれないのよ」

一転、なぜか意味深に言う鷹見さん。まあプライベートな事は進んで話したりはしないって意味なんだろうけど。

「そうね、手帳の例をもうひとつ見せましょうか。ええと……絵馬《えま》」

ちょうどトイレから戻ってきた白星《しらほし》さんに速攻とばかりに鷹見さんが呼びかけていた。しかも、あの手帳をぺらぺらめくりながら。

「え、エレナ……な、なに？（警戒）」

「今日って、いつものカフェの大盛パフェ半額デーだったと思うのだけど、月一回の」

「ええと……そ、そうだったっけ？」

「毎月いつも朝には行こうって言い出していたのに、今日はなぜ忘れていたの？」

白星さんとの付き合いはまだまだ浅いので、そんな習慣があるなんて僕は知らなかったけど、傍らの猪熊さんも「そういえば……変ね」と首をひねっていた。

「私は分かっているわ。忘れていたのでなく、言わないようにしていたのでしょう。この足置きのせいね？　ああ、まったく絵馬ったら」

その言葉に白星さんが「うう……」と呻《うめ》いて肩を小さくさせているけど、足置きって僕の事だし、まさか。

「その……だって、亀丸《かめまる》くんが大変な時期だし、甘いものを食べている場合でないというか。だってわたし、最近いっつも亀丸くんって今どうしてるかなあって頭がいっぱいで獅《し》子神《しがみ》先輩と上手《うま》くいくかなあって心配でドキドキしたり今の髪型やっぱりかっこいいなあって思い出してふふって笑っちゃったりそれがもう夜ベッドに入っても考えちゃうのががんばれがんばれーっていうのとそれでも心配で大丈夫かなあってもやもやしてるうちに寝ちゃったり…………だからパフェなんか食べてる場合じゃないんだもん」

「うわあああああああ、白星《しらほし》さん！　お願い！　パフェ食べに行って!?」

　頑張って尽くしてくれるのが白星さんだけど、これはいきすぎだ！　いや、そこまで僕の事を考えてくれているのは嬉《うれ》しいんだけど！

　と、鷹見《たかみ》さんがやっと僕の頭から足を下ろして立ち上がったかと思えばおもむろに白星さんの傍らへ。そうして、ぎゅ、と白星さんを抱きしめていた。

「ふふ、絵馬《えま》は一生懸命頑張っていたのよね？　偉いわ。でも、息抜きも必要だから今日はパフェを食べに行きましょう？」

「えへへ……エレナ大好き！」

　鷹見さんを抱きしめ返す白星さんは満面の笑みだった。

　白星さんの肩越しににやりと笑う鷹見さんと、こめかみに筋を浮かべた猪熊《いのくま》さんが睨《にら》み合っているのだけど、それは置いておいて。

　これが疲れている時にお疲れさま、か。要するに白星さんの生活パターンを覚えていたがゆえに気づけたって事なんだろうけど、白星さんもにこにこだし少しだけ手帳を使う行為が善の属性を取り戻してきたような気もする。

要するに、上手く言いかえれば『マメ』という事なのかもしれない。

「分かった？　事は緊急を要するの。これ以上、絵馬に負担をかけさせないために、貴方《あなた》にはこの手帳で荒療治の上、強制的に成長してもらうわ」

鷹見さんの言葉に背筋を伸ばす。そうだ。女神スイッチの解除はお互いのために早急に目指さなければいけないところだ。

それに玲花《れいか》先輩に直接何かやれ、というわけでもないし、よく考えるとリスクは低い行為ではあるので、とりあえず試しにやってみる事にしたのだった。


翌日の放課後。僕は生徒会室のドアを叩《たた》く。お疲れ様です、の挨拶とともに生徒会室に入ると、玲花先輩は一枚の紙とにらめっこしていた。

「君か……お疲れ様」

抜けるように白くて凛々《りり》しい顔、さらりと揺れる長い黒髪。今日も本当に綺麗《きれい》だった。

僕は席につき、懐から手帳を取り出す。この手帳に玲花先輩のスケジュールを書いていくのが今日のミッションなわけだけど……。

僕は大きく深呼吸を一つ。そして会話のきっかけを作るため、挨拶してすぐまたプリントへ視線を落とした玲花先輩へ静かに言葉を放った。

「せ、先輩はいま何のプリントを見てるんですか?」

「………………」

先輩が無言なんだけど、まさか無視? 何か怒らせることでもしたかな僕。

と思ったら、玲花《れいか》先輩がはっと顔を上げた。

「あれ? 先輩、寝てました?」

「ね、寝ていない。……それより、どうしたのだ?」

明らかに寝てたような気もするけど、まあいいか。

「あの、なんのプリントを見ているのかなあ、と」

「し、進路希望の紙だ。なかなか決められなくてな。むむむ、すまない、すぐ仕事に戻るつもりだったのだが」

「あ、いえ……単純に気になっただけです」

「そうか。それなら私も気になっているのだが……君は、手帳を買ったのか?」

まずいまずい気合十分であのスケジュール帳を片手に持ってたのがばれた!

「君が手帳に予定など書いたりする仕草は見たことがなかったが……ま、まさか、いま渡している仕事量だと手帳に書いて管理しないとダメなほど忙しいという事か!? くっ……気づかなかった。すまない肩代わりしよう。なんなら数日間は休養を取っても」

「そ、そそそ、そんな事はないです普通です!」

玲花先輩が真面目をこじらせて心配してきたのでついそう答えちゃったけれど、そうじゃないならなんで持ってるって話だしうわわわ何だかもうこれ全部気づかれてて暗にカマかけられてるんじゃないか――――!?

パニックで暗い思考がぐるぐる回る。玲花先輩が読心術を使う怪物に見えてきた。

ところが玲花先輩は首をかしげると、進路希望の紙へとまた視線を落とした。

一安心。だけど、なんだか出鼻をくじかれた気分だ。

仕切り直し。まず玲花先輩のスケジュールは学校にいる時間まではまとめた。これは普通に分かる。帰宅時間も一八時～一九時ころ。問題は放課後と休日の予定だ。

さあ気を取り直して、玲花先輩がどんな生活を送っているのか踏み込んでいこう。

「せ、先輩。あの……質問が」

「………………」

あれ？　また無言だぞ。うつむきつつも背筋は伸ばして石像みたいになってる。

すーすーと寝息、と思ったら、ふやは、と変な声を出してはっと顔を上げて、

「ね、寝てましたよね？」

「ね……寝てなどにゃい」

口がもつれてるし、さすがにごまかせないと思うんだけどなあ……。

「疲れてるんですか？　って毎日忙しいですもんね。お疲れさまです」

そういえばこの前僕が髪を切ってきた時も寝ていた気がする。先輩は忙しい人だし、たまにこういう事が続く日もあるんだろう。

「む、むむ……仕事はそうでもない。昨日はたまたま深夜までTVを観《み》ていたのだ」

照れながら認める玲花《れいか》先輩がやけに可愛《かわい》かったけど、会話していて気付く。つい自然に出たけど、これ、鷹見《たかみ》さんの言ってた「疲れている時にお疲れさま」じゃないかって。

手帳を用いて達成するべき最終目標。だけど玲花先輩の反応は普通だ。

うーん、鷹見さんによるとこれができれば誰でも心を開くらしいけど、やっぱりそんな劇的な変化はない気がするなあ。例えこのやり取りを何百回繰り返したとしても。

それよりそうだ。玲花先輩に質問しなくては。

「せ、先輩、ぜんぜん関係ない話なんですけど、良いでしょうか……？」

勇気を出してみる。するとここはさすがの優しい玲花先輩だ「ん？　いいぞ」と軽い調子で返ってきたので、質問を考える。

さて放課後か休日の時間を情報を埋めたいのだけど、でも放課後って帰宅とかご飯とかお風呂か。プライベートすぎるし特にお風呂の時間はだいぶ変態ぽい気もするし……。

「せ、先輩は休みの日って何をしているんですか？」

とりあえず無難な質問のつもりだったけど、玲花先輩はきょとんと目を丸くしていた。

「……ずいぶん急な質問だな」

「あ、その、単純に、気になった、だけで」

しどもどろの一瞬で後悔。やっぱり唐突過ぎる質問でしたよね！　なんだろうこのチグハグ感、生まれてこなければよかった……！

「そういえば……君とはそんな話もしたことがなかったな。一年以上も一緒にいるのに」

なんだか玲花先輩から距離を詰めてくれるような嬉《うれ》しい台詞《せりふ》だったけど、

「そうだな、休みの日は……たまに天体観測をしている」

「天体、観測？　って、あの星を見るやつですか？」

「そうだ。最近は……行けていないがな」

独り言のようにそう言って窓の外の空を見上げる。そうしてそのまま無言になる。

玲花先輩は優しいので意外にも快く自分の事を話してくれたけど、なぜだかそこから会話が途切れて復活の気配もない。一人にしてくれとでもいうような空気さえ感じる。

僕も僕でせっかく話してくれたのにリアクションを返しきれなかった後悔で質問をもう一度ぶつけるのなんてもう無理だこんなの無理だと心の中で泣きつつ、そのまま黙って仕事に戻る事にしたのだった。


「はい、正――――――――――座っ」

「ひぎぃ！」

「ふふ、黙って仕事に戻る事にしたのだった、じゃないわよ……⁉」

翌日、昼休みの文芸部室。昨日の生徒会室での一件を事細かに訊《き》いてきた鷹見さんが僕を踏みつけてきた。泣きっ面に鷹見さんの足だった。蜂よりたぶん痛い。

「それで収穫は天体観測に行く、だけと。ああ、何て使えない足置きなの」

またナチュラルに足置き呼ばわりの言葉責めで追い討ちされる。僕は前世でどんな罪を犯したんだろう。

「もうエレナってば！　亀丸《かめまる》くんを踏んじゃだめ！」

唯一の癒《いや》しが白星《しらほし》さんなんだけど、鷹見《たかみ》さんはやっぱり踏むのをやめない。僕も昨日の自分の体たらくに絶望して逃げる元気もない。猪熊《いのくま》さんは興味がなさそうに文芸部室のテーブルで紅茶を飲みながら漫画を読んでいる。

「これはちょっと具体例を示さないと、手帳を有効活用できそうにないわね」

ため息をついた鷹見さんが懐からもう一冊の手帳を出した。

「貴方《あなた》は私が思う以上に、直接的な質問でこの手帳を埋めようとしていた。けれど違うのよ、相手の情報を単に書くのではなく、割り出して運用するのよ」

さっそく難しい事を言い出した鷹見さんだったけど、

「私がなぜ絵馬《えま》の尿意のタイミングを把握しているか知っている？　これ、直接聞いたわけではない情報なのよ。絵馬が答える訳がない。けれど知っているのは分かり切った情報を手帳の上で潰して『空白』の意味を考えるからなのよ」

再度のストーカーめいた発言に白星さんが赤面しながら「わ、わわわわ」と目をぐるぐるさせてるけど、僕自身は、空白、の言葉が気になっていた。

「手帳について、書いた事自体は重要ではない。空白が大事なの。――相手の話を聞く、つまり質問する、それには疑問を持たなければいけない。そして疑問は想像から生まれる。つまり余白を見つめ、そこに隠れる事実を想像する事こそが相手を知ろうとする第一歩なの」

まだ意味を把握できない。そもそも手帳の空白とか余白って何の事なんだ。

「ふふ、仕方ないわね。初歩的な事だけど、使用例を見せてあげましょう」

そう言った鷹見《たかみ》さんの足が頭から降りた。僕は立ちあがり、ボールペンを片手に持った鷹見さんの手元を背後から見つめる。

「さて、ここであの生徒会長の情報を潰していくわ。平日は十八時～十九時下校とする。遠距離通学の情報はないのだけど、あの生徒会長のおおよその住所だけ分かる？」

「一応、街の中でバス通学とだけは聞いた事があるけど……」

「十分ね。となると通学片道三〇分と予想する。そして帰宅し食事一時間、あの生徒会長の身ぎれいさから入浴は無論毎日、短くとも三〇分。自宅勉強はどのくらいかしら？ゲームは？　読書ほか趣味は？」

鷹見さんがぶつぶつ言いながらスケジュール帳を書いてくる。

「空白が、多すぎるわ」

手帳を見つめつつ、鷹見さんが言った。それはそうだ。鷹見さんも憶測で色々書きこんだみたいだけど、それでも潰れた空白は二～三時間ってとこだろう。

「本当に多すぎるのよ。だから私だったらあの生徒会長相手ならまず勉強時間を訊《き》く。せいぜい長くて毎日三時間？　……ただまあ、別に何時間でもいい。そもそも勉強なんていつでも切り上げて寝られる作業なのだし。問題は、やはり空白が多すぎる事なのよ」

ため息まじりの再確認。さっきから分かり切った事だと思っていたけど……。

「——この人は何をしている人なの？」

鷹見さんの単純な質問。けれどその表情がなぜか張りつめていた。

「何って……生徒会長で、学年一位の頭が良い人で」

「ふふ、単純すぎる捉え方じゃない。例えそれだけだとすれば、今確認した空白からは、かなり余裕のある生活が送れるはず。なのにさっきの貴方《あなた》の話を聞くとね——そんなしっかり寝られるはずの人間なのに、忙しそうで眠そう、ってどういう事？」

そういえば玲花《れいか》先輩が生徒会室で寝ていた事も鷹見さんに逐一話したんだった。

「こうやって空白を可視化させるとね、この人が毎日忙しい人とは思えないのよ」

玲花先輩が忙しいのはいつもの事。僕はずっとそう思っていたけれど、手帳の大きな空白を実際に確認すると……その前提が大きく揺らいでしまうのか。

「もう一度確認するわ。この人は毎日忙しくて眠そうな人なの？　それとも昨日だけ？」

「い、いや。毎日でも昨日だけでもなくて、特に最近は、って感じかもしれない」

「それならば、彼女の身にいつもと違う何かが起きていると私は考えるわ。さあ——想像しなさい。この空白に何が横たわっているのか」

この空白、というのは恐らく玲花先輩の夜の時間だ。最近の先輩がなぜ眠そうなのか、なぜ寝不足になるほど夜遅くまで起きているのか。いったい先輩は何に忙しいのか。

「例えば、夜更かしするほどの好きな本やゲームが最近できたりしたか質問してみた？

もしそうならばすごく良い共通の話題になり得るのだけど」

「それは……訊《き》いてない」

「例えば電話やLINE。つい深夜まで話してしまったり、または話さなくてはいけない、そんな人間が彼女の近くにいるということ？　彼氏の線は考えなくて良いのね？」

矢継ぎ早の質問に思わず「う、うん」と相槌《あいづち》を打ったけど、なにそれ怖い。

「それなら友達と？　最近ずっと深夜まで会話しているなら友達関係でトラブルでもあったのかしら？　そういえば本人が言うには深夜までTVを観《み》て寝不足、だったわね？　あの堅物そうな生徒会長が？　ふふ、嘘《うそ》かもしれないのだけど、貴方《あなた》、どんなTV番組を観たかしっかり訊いた？」

「い、いや……」

「なぜ？　そこで答えが曖昧なら、そこに隠さなくてはいけない重要な何かがあるという要素が追加になるのだけど。……ねえ、なぜ訊かなかったの？」

厳しい追及だ。でも、これだけの情報でここまで予想を掘り下げる事が出来るのか。

「まあいいわ、一番シンプルで重要な情報は、休日の天体観測になかなか行けていない、この一点ね。この情報の真なる意味は、休日の趣味がつぶれるほどの予定ないし理由とは、という事なのだけど……これが一元的に謎を解く鍵になりそうね」

なんだかものすごい不安に駆られた。

そうだ。思い返せば最近はいつもと様子と違う。玲花《れいか》先輩が居眠りするなんて普通はない事だし、たまたまで片付けていい話ではない。それに休日に好きな事が出来ないって、どう考えても他に重要なやるべき事があるって事だろうに。

「ふふ、結局貴方も真面目な顔をしてそこらの猿みたいな男と変わらないんじゃない。好きな女の子に対しての認識すら、生徒会長・学年一位の頭が良い人、という単純な属性の次にはすぐ可愛《かわい》い・ヤリてえ、それだけなのでしょう？」

痛感する。獅子神《ししがみ》玲花先輩。僕の初めて好きになった人。

なのに僕は玲花先輩の事を驚くほど知らない。その生活の中にある巨大な空白が何であるか知らないし、知ろうともしなかった。

けれど今となっては、質問したいことがたくさん増えた。そうして心から思う、あの人はどんな生活を送っているんだろう。逆にいままで何故《なぜ》こんな空白を無視できたんだ。

「人間は肝心な事は自分から話してはくれないのよ」

鷹見《たかみ》さんがこの前にも言った台詞《せりふ》だった。

「人間は他人に興味などない、下心を抜きに誰かに与える事などない。皆それを知っているから、自分の事を簡単に分かってもらおうだなんて思っていない」

それを聞いて思い出す。僕も、白星《しらほし》さんから差しのべられた救済の手を最初は断ろうとしていた事を。普通は思うんだ、きっと誰にも分かってもらえないのだと。

「だから相手に興味を持って、知ろうとしなければならない。……ふふ、でも面倒くさいわよこれ。お笑いネタを探す方がよっぽど楽だわ。なぜ面倒くさいかというと『貴方にとって他人の話』だからよ。人に興味を持つなんて簡単な事じゃないの。でも、だからこそ相手はそうしてくれた人に興味を持つわけ」

自分の力のなさを反省するしかない。でも、だから今ここで、この優しい悪魔の言葉を胸に刻もうと思った。

「もう一度言うけど他人に興味を持つって面倒くさいの。だから皆にしろとは言わないしできるはずもない。でも――せめて貴方《あなた》の好きな人にはしてあげましょう?」


その日の放課後。僕は生徒会室のドアを叩《たた》く。お疲れ様です、と小さく挨拶して生徒会室に入ると、玲花《れいか》先輩が……うとうととしていた。

抜けるように白くて凛々《りり》しい顔、さらりと揺れる長い黒髪。今日も本当に綺麗《きれい》だった。

起こさないよう静かに席へ。だけど椅子を引いた音で先輩が目を覚ましてしまった。

「………君か。お疲れさま」

笑顔とともに「お疲れさまです」と返し着席。そして――考える。

会話をする、僕にとってそれは簡単な事じゃなかった。喋《しゃべ》る事が見つからない。でも、それは単純にその人に興味を持っていなかったからなんだ。

僕は、玲花先輩が好きだ。けれど玲花先輩の事をあまりに知らない。いや、今まで本当の意味で玲花先輩の事を知ろうとしなかったのかもしれない。

だから僕は、今日から変わろうって思った。目の前の先輩に興味を持とうって思った。

そして、今なら分かる。

会話について。面白ネタや自分の話なんてしている暇などない。相手の話が聞きたい、相手がどんな人間で何をしているのか聞きたい。だって、好きな人の事だから。

だから、僕は訊《き》いた。

「先輩、お疲れですね。毎日、家でどのくらい勉強をしているんですか」

当たり障りのない話題。でも、目的を持った僕にとって今やこれは最重要項目だった。

「ん？　私の話か？　そうだな、毎日一時間といったところか」

「意外に……普通なんですね」

「夏を過ぎればもう少し頑張らなければいけないがな。まあ……まだ進路希望の紙も書けていない状態ではあるし、本腰を入れるにもなかなか気持ちが入らないのだ」

気軽に答えてくれたその口調から恐らく嘘《うそ》ではないのだろう。だからこそ思う、スケジュール帳を埋めればそんなに遅い時間まで起きているはずはないという事を。

「はは、眠そうですけど、また夜遅くまでＴＶでも観《み》ていたんですか？」

「……そうだな」

「何の番組を観ていたんですか？」

「その……適当にだ」

言葉が濁された。恐らく鷹見《たかみ》さんの言う通り、これは多分嘘。

熱中している趣味の事なら知りたいし応援したい。本やゲームなら話題を共有したい。

けれどここまではっきり言わないだなんて、やっぱり先輩は何かを隠している、そう思わざるを得なかった。

と、先輩が怪訝《けげん》な表情でこちらを見つめているのに気づいた。

「君は……最近どうしたのだ？」

早くもこちらの意図を見破られた、そんな気がした。嫌な思いをさせてしまったかもしれない。隠したい事に踏み込まれるのは気分のいいものではない。

ところが――。

「その、なんだ、君はなにか困っている事でもあるのだろうか？」

一瞬、突拍子もない質問だと思ったけれど、

「最近、君はいつもより私に話しかけてくれることが多い。それはそれで私は嬉《うれ》しいと思っているのだが……何か問題でもあって、例えばその、私に相談したいとか、そんな事はあったりするのだろうか？」

「…………」

「何となく分かる。君はなにかと抱え込むタイプの人間だろう？　……だから、言いたいことがあったら素直に言えばいい。私は、何でも聞くぞ？」

玲花《れいか》先輩が、まっすぐな瞳でこちらを見つめている。

参った。これ、まさに僕が言おうとしてたことだ。誰よりも先に変化に気づいて、優しい言葉をかけてくれる。僕の事をしっかりと見てくれている。

「そう言う事では、ないです。……ありがとうございます、先輩」

先輩の方が何もかも格上だった。

でも、だからこそ今度は僕からそういう気持ちを伝えたいんだ。

そんなもどかしい想《おも》いに身悶《みもだ》えしていた、その時だった。

「玲花。お疲れーっ！」

生徒会室に一人、女の先輩が入ってきた。男みたいな短髪の先輩、ソフトボール部副主将にして生徒会副会長の水谷《みずたに》先輩だった。

久しぶりに見る。そういえば副会長以下会計書記まで、役職付きの人間は所属部活が地区大会のシーズンだ。それに連戦連勝しているせいでなかなか生徒会に来られない。もちろん仕事はある程度家に持ち帰っていると玲花先輩から聞いているけれど……。

そんな水谷先輩は、にこにこしながら玲花先輩の側へ。

「玲花元気？　ていうか、うちの部、二年生の子のおまじないがガチで効いて優勝候補に勝っちゃってさ！　もう少し生徒会に顔出すの後になりそうなんだよねー」

「問題ない。地区大会優勝、私も祈っている」

「ありがと。でも、本当にいいの？」

「ああ、問題ない」

「なんか顧問がさ、学園祭の予算の書類まだかかってぼやいてたよ。ミスコンの舞台設備とか機材のレンタル、例年頼んでるとこが潰れてゴタゴタしてるんでしょ？　大丈夫？」

「大丈夫だ。今日提出するつもりだった」

「まあ……玲花《れいか》がそう言うなら大丈夫か。でも何かあったら言ってね？」

そう言うと、鼻歌を歌いながら、水谷《みずたに》先輩は生徒会室から出て行ってしまった。

生徒会室に静寂が訪れる。玲花先輩が手元の書類に目を落とす。

――玲花先輩のスケジュール帳を書いていて、本当に良かった。

今までの僕なら、ああ予算の仕事が遅れているのか大変だな、でも玲花先輩は余裕ぽいし言葉の通りもう終わって……だなんて恐らく水谷先輩と同じようにのほほんと考えていたに違いない。玲花先輩への無関心ゆえの、安易な固定観念で。

だけど情報を積み上げて完全にピースがはまった今となっては、それがどれだけ呑気《のんき》な事かと自分への苛立《いらだ》ちが胸に渦巻いて、それが口元に溢《あふ》れてきて――。

「先輩、僕がそんなに頼りになりませんか」

そんな言葉が、思わず口をついて出てきてしまった。

「ど、どうしたのだ、突然」

この怒りや焦燥は僕自身に向けられたもの。でも言葉の端に漏れてしまったせいか玲花先輩を驚かせてしまったようだ。一度深呼吸して、冷静に言葉を放つことにする。

「……急にすみません。でも先輩、あれって嘘《うそ》だったんですね。生徒会室に来ない役員みんなが、ある程度は仕事をしているだなんて」

「う、嘘などついていない。証拠はあるのか？」

シラを切られてもたじろぎはしない。間違っていない確信がある。

これこそが深夜の大きな空白。「隠さなくてはいけない」という凹凸までぴったりと、何もかもが合致するピースだ。だから証拠なんか無視して僕は話を進める。

「それに、さっきの言葉です。僕になにかと抱え込むタイプとか言っておいて、先輩こそがそんな人なんじゃないですか」

今なら理解できる。恐らくあれは先輩が誰よりもそんな人間だからそうやって気にしてくれたんだ。思い返せば、坂町《さかまち》先輩へいまだに想《おも》いを秘めていることだってそうだ。色々なものを抱え込んで悩む人だと何故《なぜ》僕は気にしてあげなかったんだ。

「先輩、もしかして他の役員に仕事を押し付けられてるんですか？」

そして僕は一番気になってる事を訊《き》いてみた。

僕の怒りの原因はここにあった。先輩の問題に気づかなかった自分自身の間抜けさ、そして言ってくれなかったのは僕にその資格が足りないからに違いないと、とにかく自分へのふがいなさで涙が出そうなのをごまかすためだった。

「お願いです。僕だってもう生徒会に入って一年です、そういう遠慮はやめてください」

僕の訴えに、先輩は両手を組んであごを乗せて机に向かってうつむいている。

静寂と沈黙。しかし……しばらくするとなぜか先輩の肩が急に震えだした。

「ぷ、ふふ……君は、面白いな」

「ど、どうして笑うんですか……？」

先輩が顔を上げると笑顔。気の抜けた笑い声に、僕も毒気を抜かれてしまう。

「ちょっと思い出していたのだ。あの人の事をな。坂町《さかまち》先輩の事だ」

「………」

「どこを見ているか分からない人だった。仕事もいつの間にか抱え込んで、私も去年の今ごろに言ったのだ。そこまで私が頼りになりませんか、と。君はどれだけ私に似ているのだろうと思っていたら、なんだか可笑《おか》しくなってしまった」

坂町先輩との思い出を聞くと思わず嫉妬してしまうけれど、似ているの言葉に嬉《うれ》しくなる。まあ実際それだけで先輩と似ているだなんて畏れ多くて、そうは思えないけれど。

それより、ごまかそうとしてもそうはいかない。

「その……そうじゃなくて、仕事の件なんですけど」

「別に押し付けられてはいないぞ。これは全部、私が望んだことだ」

「そんな……」

「嘘《うそ》ではない。……忙しくしたかったのだ、私は。何も考えられなくなるくらいに」

独り言のような玲花《れいか》先輩の言葉。

けれど僕にはその意味が分かる。先輩が特に忙しくし始めたのはちょうど四月から。そうやって坂町先輩の事を思い出さないようにしたいのだ。思い出せば、辛《つら》くなるから。

けれど、ここで引き下がる訳にもいかない。

「先輩、仕事、手伝わさせて下さい」

「む……」

「聞いてしまった手前、手伝うしかないと思っていますが……」

するとと玲花先輩が困ったような顔をして、腕を組む。

「ふう……私の負けだ。わかった。手伝ってもらう」

押し切った事に安堵《あんど》する。

これが玲花先輩の好きでやっている事だとしても、痛みを忘れるために違う痛みで気を紛《まぎ》らす行為のようにも思えて、お節介だと分かっていてもやめさせてあげたかった。

あとはやっぱり単純な嫉妬だ。忙殺される中、坂町先輩への想《おも》いを忘れるどころか、その存在がいっそう玲花先輩の中に刻み込まれている気がしたからだ。

「先輩は仕事のしすぎです。休日の天体観測も、そのせいで行けなかったんですよね？」

だから話題を逸《そ》らすため、そんな質問をしてみたのだけど、

「いや、天体観測はな、行けなかったのもあるが、行かなかったのだ」

玲花先輩の返答に首をひねる。鷹見《たかみ》さんの分析でも僕の予測でも何か一つの事、今となっては生徒会の仕事で休日の予定も潰れているのだと思い込んでいたけど――。

「去年の秋までは、坂町先輩と行っていたのだ」

ものすごい地雷を踏み抜いた。

「そもそも坂町先輩と私は生徒会に入る前は天文部だったのだ。正確に言えば『元』天文部か。部員が先輩と私の二人と、三年生の幽霊部員を加えるだけだったので、私が一年の

後期をもって廃部となったのだ」

「………」

「よく星を見に行った。一年のころは部活として、それ以降も時々な。最後の秋の天体観測の時には『そんなに星が好きなら一緒にNASAでも入るか』などと彼に冗談を言われたものだが……。まさか本当にアメリカに行ってしまうとはな。はは、おかげで一緒に行く相手がいなくなってしまった……」

ああ、玲花《れいか》先輩がまた寂しそうな顔になったのも哀《かな》しいけど、こんなの嫉妬するなっていう方がおかしいじゃないか。

二人の親しげな過去。そして玲花先輩の口から出た『彼』という代名詞の近しさに、坂《さか》町《まち》先輩と僕の残酷なまでの差を自覚してしまう。最悪にみじめな気持ちになる。

玲花先輩に近づけた気がした。鷹見《たかみ》さんの教えてくれた「本当に疲れている時にお疲れさま」が何となく言えた気もした。

けれど今回も何かが違うのか、まだまだ先輩との距離を感じさせることばかりだ。

「………」

玲花先輩が沈黙する。会話が途切れる。

でも——まだ終わっていない。会話を終わらせるわけにはいかない。僕はこの人を知ろうと覚悟を決めたんだ。

だからここで基本に立ち返ってみる。鷹見さんに教えてもらった会話の基本だ。

相手の話を聞く・質問する。そうして相手に自身の事を思いきり喋《しゃべ》らせる。これができるから相手は楽しいと思える。

そして相手の話を聞くには疑問を持つ、疑問は余白や空白から生まれる。

さあ、ここまでに生まれた一番の『空白』とは。

「先輩って、天体観測の時に何をしているんですか？」

そうだ。本来それは過去の休日の予定として既知の情報。だけど肝心の天体観測の時に実際何をやっているのか、これは訊《き》いておくべきことだ。

僕の質問に、玲花先輩はきょとんとして首をかしげていた。そうして、なぜか悪戯《いたずら》っぽい笑みを向けてくる。

「ふふふ……星を見て何が楽しいのかという顔だな？　空を見て突っ立っているだけではないかと」

「い、いや、そんな事は……」

むしろそれだけじゃないだろうと思ったから訊いたわけで。でも、よく見ると玲花先輩の表情も、そんな質問は慣れたものといった風《ふう》に得意げなものだった。

「星を見るのは楽しい。最初は単なる星空だが、星座や星図が分かってくると見えてくる景色も違ってくる。それにまだ夜は寒いので水筒に熱い紅茶を淹《い》れて持っていく。それをレジャーシートの上に座って飲んだりする。夜のピクニックみたいなものだ。おかげで紅茶にこだわるようになった。ふふふ、それとだな……」

玲花《れいか》先輩が滔々《とうとう》と語る。しかも笑顔で。

僕は相槌《あいづち》を打つだけ。なのに楽しい雰囲気で会話しているような感じがあった。

あれ？　期せずして先輩が「自分の事を思いきり喋《しゃべ》って」「楽しく会話」している感じになったかもしれない。鷹見《たかみ》さんが言っていた、会話の大きな目標だ。

もう一度相槌を打つ。会話が続く。今までで一番長く続いている。しかも面白ネタのような一瞬で燃え尽きる温度でなく、自然な楽しい空気で。

これが鷹見さんの言わんとしていた事なのか、とそんな目標達成に喜びかけたけど、

「ただ……夜空を見ながら飲む紅茶が美味《うま》いのも坂町《さかまち》先輩が教えてくれた。私はやらないが彼はよく焚火《たきび》もした。マシュマロを焼いたり、湖のスポットではいつの間にか居なくなったと思ったら魚を釣ってきたのは驚きだった。はは……懐かしいな」

ここでもやっぱり坂町先輩が出てきて会話が詰まる。まるで障害物のように。

本当に辛《つら》い。本当に嫌になる。

なぜかって、さっきは見て見ぬふりをしたけど、こ、ここが一、一番の大き、き、な空、白だからだ。

だから、僕は――。

「坂町先輩、やっぱり楽しい人だったんですね」

思い切ってその言葉を絞り出した。

「僕、あんまり話した事なくて。ほら、坂町先輩って仕事したらすぐどこかに消えちゃいますし……そんなに楽しい人ならもっと仲良くしておけば良かったです」

僕は言った。本当なら口にするだけで胸が痛む人間の名を。

そうしてさらに憧れの気持ちを込めて肯定する。歯を食いしばって受け入れる。

そんな僕の言葉に、先輩がぱっと顔を輝かせた。

「ああ、確かにそれは残念だな！　君がそう思うなら一緒に遊びに行けばよかった。彼はカブトムシやクワガタも取るぞと山奥まで私を連れて行ったりだな、しかし私は虫が苦手なので嬉《うれ》しそうにクワガタを両手持ちする先輩から逃げ回る事になったりそれに――」

胸が痛い。でも抑えろ。話を聞け。

坂町先輩との天体観測は、玲花先輩が過去に長い時間を積み重ねた事柄。僕の知らない最大の空白。すなわち玲花先輩を知るうえで一番無視できない事なんだ。

それに先輩にとっての一番楽しい話題は、きっと坂町先輩の事。それなら好きなだけ喋らせてあげようじゃないか。

辛い。耐えろ。笑え。僕は玲花先輩が好きだ。それは鷹見さんが軽蔑していたような「可愛《かわい》い、ヤリてえ」みたいな自分勝手な次元じゃない。僕は好きだ。玲花先輩の笑う顔を見るのが好きなんだ。それならこれほど報われている状況もないじゃないか――。

そんな風《ふう》に必死の笑顔で玲花先輩の話を聞いていた、その時だった。

「…………む、むむ」

玲花先輩が一転、何かを考え込むように僕をじっと見つめていた。

「ところでさっきから、その、君は、天体観測に興味があったりするだろうか？」

「へ……？」

「別に、天体観測に行けていないのは坂町《さかまち》先輩の件だけが理由ではない。天体観測は純粋に好きなのだ。しかし、女一人だとなかなか夜道が怖いというのもあってだな……」

先輩が何を言わんとしているのか、信じられなくて声が出ない。

「それに君と私は何となく似ている。坂町先輩が私にそうしたように、私が君を天体観測に連れていくのも、伝統というわけではないが不思議なつながりを感じて悪い気がしないと思ってだな。……まあ興味があればだ。さすがに休日の夜に君を連れ回すわけにも」

「い、い、いいい、行きます！　初心者ですけど、興味あります！」

やっと硬直が解けたので、僕は腹の底から返事をした。

「そ、そうか？　意外だな……それなら一度、一緒に行ってみるか」

千載一遇。急にこんな流れになったことを驚くよりほかない。けれどこの提案はこの会話の流れで出て来たのは確かだった。嬉《うれ》しくて頭が真っ白になって思わず声が上ずる。

「や、やっぱり夜道は危ないですし！　その、僕だったら、一応男なのでいつでも盾の代わりに使ってください！」

「ふふ、それでは頼りにしているぞ。私の騎士様《ナイト》」

そうやって玲花《れいか》先輩はクラクラするくらい蠱惑的《こわくてき》な微笑《ほほえ》みを向けてくれたのだった。

第五章　ドクズ大魔王のケダモノ論理（メンタルについての考察）

「今週の予定は、女子バスケに女子テニス、男子の部活は……ずいぶんあるけれど読み上げもしなくていいわね」

「ま、一応聞くだけ聞くって手前載せてるけど、却下よ却下」

「べ、別にわたしはいいんだけど」

白星《しらほし》会議。必勝のジンクスを持つ白星さんへ殺到する願掛け依頼を絞るための審査。

初めてその場を見たけど、申請してきた部活の名前を紙に書いて、確かに三人で会議のように査定している（ちなみに先日願掛けをした野球部は前年度優勝校にコールド勝ち。今朝、白星さんの前で感涙にむせびながら全員土下座で御礼参《おれいまい》りしてきたのだった）。

「さて、今週の会議は終わり。本題に入りましょう」

鷹見《たかみ》さんがノートを閉じると、三人の視線が一斉にこちらへ向いた。

「それで、定期的に天体観測に行く約束を取り付けた、と」

――あの生徒会室での一件から数日後、週明けの月曜日。文芸部室。

テーブルの隣の席、鷹見さんが長い脚を組んで紅茶に口をつけた。

「それで、いつからなの？　まさかこの土日にもう初デートは済ませた、とか？」

「い、いや、先週は先輩の家族の用事があって、今週の土曜からって事になったんだ」

「そう。まあそれはいいとして……あれから手帳は埋められた？」

その問いに「う……」とたじろぐと、鷹見《たかみ》さんがぴきーんと目を光らせて、

「正座」

「ひぎぃ！」

「ふふ、あの手帳を埋めればデートの際の雑談にも使えるというのに、この足置きは何をやらせてもだめなのね」

いつも通りに足置きにされて責められる。でも今日はちょっとした言い訳があるんだ。

「ま、待って鷹見さん。でもあの手帳って個別のイベントについて詳しく書くスペースがないし、数年前の過去の出来事についても書けないよね？　だから、その」

玲花《れいか》先輩との会話で感じた事を言ってみた。ああでも、言い訳するんじゃないってもう一度踏まれるんだろうなあ……。

と思っていたら、鷹見さんの足が僕の頭の上からすんなりと下りてしまった。

「……よく気づいたわね。個々のイベントや過去についてはそれぞれ別の時間スケールの手帳に書かなくてはいけない。というのは置いておいて」

また書くことが増えそうで「ひい」と声が出かけたのだけど、

「手帳はあくまで道具。そうやって相手に興味が持てるか、その初歩の型にすぎない。だからそこまで話題を広げられるならばとりあえずは調教終了、今回は合格よ」

意外な合格発言に思わずぽかんと口を開けつつ立ちあがる。すると、高体温と甘い匂い

が横からずいっと迫ってきた。

「すごい！　本当に上手《うま》くいきそうだね！　うんうん！　亀丸《かめまる》くんなら絶対にやればできるって思ってたよ！」

「思ったより上手くいきそうで良かったじゃない。ま、さっさと付き合ってあたしと絵馬《えま》の前から消えてもらいたいわ」

白星《しらほし》さんが目をキラキラさせて、猪熊《いのくま》さんも感心したように頷《うなず》いている。

みんなのいう通り上手くいきすぎなくらい事が進んでいた。けれども――。

『――去年の秋までは、坂町《さかまち》先輩と行っていた』

思い出したのは玲花先輩の寂しそうな表情だった。

「………………………はあ」

「ど、どうしたの亀丸くん⁉　そんな大きなため息ついて⁉」

「いや、今の状況は嬉《うれ》しいんだけど、嬉しいんだけど……これ以上先に進める気がしないっていうか……大きな壁があるんだ」

坂町寅司《とらじ》先輩。卒業後に渡米した前生徒会長。

玲花先輩の想《おも》い人、いまだドロドロの未練を引きずっている元凶。

「壁って⁉　壁って何⁉」

白星さんには言ったはずだけど忘れているみたいだ。猪熊さんと鷹見さんがいるので話そうかどうか迷ったけど、ここまでお世話になって話さないのもなんだな。

「……実は、先輩には好きな人がいるんだ。誰かは、言えないんだけど」

坂町《さかまち》先輩の名前だけ伏せて今までの経緯を簡単に話してみる。

「なるほどね、あんな美人に彼氏の噂《うわさ》がないのは不思議だと思っていたけれど、ずっと片思いをしていたのね。まあ、名前を隠した時点で誰か分かってしまったのだけど」

鷹見《たかみ》さんが邪悪に微笑《ほほえ》み……え？　ばれている？

「ふふ、あんな美人なら今まで学年中の男からアプローチがあったはず。それを跳ね返すほどの恋心があの宇宙人に残っているという事ね。確かにそれは大きな壁だわ」

「あー、はいはい、あいつね宇宙人。去年の全校集会とか、あの堅物女ってば壇上のあいつにいっつも熱い視線向けてたしね」

鷹見さんと猪熊《いのくま》さんの言った宇宙人。それは神出鬼没な坂町先輩の二つ名だけど、うわあ本当にばれてるぞ怖すぎる。それに鷹見さんの客観的で容赦なさすぎる現状評価も、猪熊さんの全校集会エピソードも地味にきつい。胃が痛くなってきたな……。

「き、きっと大丈夫だよ！　みんな、まずはこれからの事を考えてみよう⁉」

白星《しらほし》さんのちょっぴり自信なさげな笑顔に、僕も腕組みして考えてみる。

「これからの事……か」

「そうだよ、ここからが勝負だよ！　みりあちゃん、亀丸《かめまる》くんに何かできることってあるかなあ？」

指名された猪熊さんは難しい顔をしていた。

「これから定期的にデートって事よね？　それならあの一着だけじゃ足りないわ。着回しが必要だし、もう何着か買わないと」

「ま、また服を⁉」

「そうよ、気は乗らないけど手伝うわ。なに……もしかしてお金の問題？」

「実は……。ない訳じゃないけど。これ以上貯金に手をつけるのはあんまり」

「吐き出せ！　尻の毛まで出ーせーっ！　それかすぐにバイトでもしなさい！　儲《もう》かるバイトなんて冬のベーリング海で蟹《かに》を取ったり、腎臓《じんぞう》売ったりいろいろあるじゃない！」

「完全に裏社会の取り立てじゃないか⁉」

「も、もう、みりあちゃんやめて！　エレナは何かありそう？」

「彼を踏ませてくれないと良い考えが出てこないわ。ほら正座よ、足置き。早く」

「もう！　エレナも真面目にやって！」

「そうね、今の段階ではひたすら信頼を積み上げるしかないわ。ただその『壁』よ。それを打開するには……時間が解決してくれるか、それともそのままか。これは運ね」

白星さんが「そんな……」とがっくりうなだれる。僕としてもあきらめる訳ではないけど、これから積み上げて駄目だった時の事を考えると、やっぱり怖い。

「ていうか、ダメ丸っていちいち女々《めめ》しいのよ！」

猪熊さんが僕をびしい、と指さしてきた。

「そう、女々しいの！　もうその時点でいろいろ無理！　会話するにもデートするにも告白するにも事あるごとにうじうじして絶対上手《うま》くいかないわ！」

するとと、鷹見《たかみ》さんもため息をついて、

「貴方《あなた》って偉そうなバカ男よりはマシな部類よ。けれど現実を見てみると、なぜかそんな偉そうなバカ男の方がまだモテるし、彼女だって作れる事もあるのよねえ……」

褒められてるのかけなされてるのか分からない言い方だけど、とにかく先輩の件については僕の性格にそもそもの難があるって事は分かった。

だけど、もともとの性格を変えるなんて簡単に解決できることじゃない。

「わかったよ！　すごくいい人がいるの！」

と、白星《しらほし》さんがおなじみの最高の笑顔で、ぽんと手をつく。

また猪熊《いのくま》さんや鷹見さんみたいな友達を紹介してくれるっていうんだろうか。

そんな笑顔の白星さんが口に出したのは――驚くべき人物だった。

「紹介するのはね、わたしのお兄ちゃんだよ！」


その日の夕方の帰り道。

夕日に染まる国道の道を僕と白星さん、そして猪熊さんと鷹見さんの四人で歩く。

『――紹介するのはね、わたしのお兄ちゃんだよ！』

そう言った白星さんに連れられて、白星さんの家に向かっているのだった。

というか白星さんにお兄さんなんていたのか。そう言えば最初の昼ピクニックの時、家族にお兄さんがいるけど男子にお弁当を作るのは初めてって言っていた気もする。

それはそうと、並んで歩く猪熊さんと鷹見さんを見るとなぜか苦々しい顔をしている。

「絵馬《えま》、やめよ？　あいつだけは何のためにもならないわ！　あんな年中ジャージ男なんて何の役にも立たないんだから！」

「そうよ絵馬、あんな自分勝手な事しか話さない男に何の用があるというの。ああ、あの男が普通の人間なら絵馬のお兄様として尊敬してあげるのに、アレだけは無理だわ……」

「もう！　ふたりとも言い過ぎだってばあ！」

白星さんのお兄さん。猪熊さんと鷹見さんの言い様だとなんだかとんでもない人間な気がするけれど……。白星さんはなんで紹介してくれようと思ったんだろう。

「わ、わたしだって最初はどうかなって思ったけど、お兄ちゃんモテるしいつも彼女いるし、男の人の側からの意見も必要だと思ったの！」

なるほどそういう考えなのか。白星さんも僕のためにいろいろ考えてくれて気持ちだけでも嬉《うれ》しい。それに思い返せば最初は疑心暗鬼だったけど、白星さんの導きで玲花《れいか》先輩と定期的に会う約束も取り付けられた。本当に感謝するしかない。

だけど——僕、何もしてないな。全部、みんなのおかげだ。

何もしていない。何もできないって言い換えた方が正しいんだけど。

ただまあ結果は出ている。こういう事を気にするから女々《めめ》しいって言われるんだ。

それより白星さんのお兄さんだ。今出た話をまとめると、年中ジャージ、自分勝手な事しか話さない、なのにいつも彼女がいる。

猪熊《いのくま》さんのお洒落《しゃれ》、鷹見《たかみ》さんの会話、僕がみんなに教えてもらった事の真逆を行くのにモテる人、って事になるけれど……どんな人物なんだ。

「着いたよ」

白星《しらほし》さんの言葉に足を止めると、そこには奇麗な白い一軒家。

「ふふ、男の子の友達をお家に入れるのって初めて♪」

白星さんが振り返ってにっこり僕に笑いかけてくる。お弁当含めていろいろ、その……いいんだろうか僕が経験しても。

と、その時、白星さんの家の玄関が開いた。

そこにはスーツ姿、二〇代くらいのきりっとした女の人。

「あ、あなたたち、誰？」

そう問いかけてくるスーツの女性。まさか白星さんのお母さんって事はないだろうし、聞いてないけどお姉さんかな？　あんまり白星さんに似てないけど。

ところが、白星さんは頰《ほお》をぽりぽり搔《か》きながら、

「え、ええと……その、どなたですか？」

まさかの他人!?　どういう事だ!?　自宅を間違えるなんていくら白星さんでも天然の域を超えてるけれど……。

全員が唖然《あぜん》とする中、その女性の後ろからのそのそと誰かが前に出てくる。

「もう帰ったのかよ、絵馬《えま》」

だるそうにサンダルの踵《かかと》を引きずって現れたのは、緑のジャージ姿の美少年だった。

それもびっくりするほどの美少年だ。女の子みたいに白い肌、ぱっちりと開いた瞳には女性のような艶《つや》と男らしく強い光が混在している。身体のラインも柔《やわ》らかく細いラインだけど、やっぱりその芯には男特有の骨格が見て取れる。

けれど、背が低い。一六〇㎝は確実に割っている。僕もそこまで高くはないけど、そんな僕から見てもけっこう小さい――。

「おうなにガンつけてんだ？　殺すぞ」

いきなり僕だけピンポイントで睨《にら》まれた。それに小さくて可愛《かわい》い外見なのにいきなり背中からぶわっと気迫が出たみたいだった。滅茶苦茶《めちゃくちゃ》凶悪なオーラに圧倒されてしまう。

「も、もう！　お兄ちゃんやめて！」

「お、お兄ちゃん⁉」

思わず聞き返す。この美少年が……白星さんの、お兄さん？

どう見ても年下にしか見えない人物に僕が目を点にしていると、スーツ姿の女性がむっとした顔でお兄さんを肘でつついていた。

「い、妹さん？　本当に？　他の女とかじゃないよね？」

「は？　ある訳ねえだろ」

「でも、なんか可愛い子たちたくさんいるんだけど……浮気だめだからね？」

「こんなガキに手え出すかよ前から言ってんだろ二四歳未満は女じゃねえって」

「マー君の女の子の好みは確かにそうだけど……浮気は前科あるじゃないの」

問い詰める女の人にため息をつくお兄さん。と、お兄さんがいきなり女の人の手を引いた。「あ……」と玄関の中に女の人が引っ張り込まれて扉が閉まる。

ガタン！　ガタガタ！　と中で何かが暴れる音がすると……もう一度玄関が開いた。

「こ、この後も仕事なのに跡つけるなっ！　今日だって仕事中に呼び出して、もう！」

顔を真っ赤にした女の人が首を押さえつつ、小走りに門の外へ去っていく。

「ついでのお小遣いも感謝してんぞ～」

お札を二枚ぺらぺらさせながら見送るお兄さん。

そして携帯の着信音。お兄さんの携帯だった。

「あ、もしもし、今日？　いいぞ会ってやっても。臨時収入あったからまあ半分はだしてやるよ。は？　他の女と歩いてるの見た？　ばっかじゃねえのある訳ねえだろ」

何だろう、この耳をほじりつつ臆面もなく最低の会話をぶっ放す生物は。

困り顔の白星《しらほし》さんの横で、鷹見《たかみ》さんが腕組みしつつ嘆息した。

「苦笑いしている絵馬《えま》に代わって私が説明しましょう。白星真央《しらほしまお》。絵馬の兄よ。私たちは真央でなく魔王――ドクズ大魔王と呼んでいるわ」

「お兄ちゃん、ママは？」

「買い物とペコの散歩だ」

お兄さんに案内されて白星《しらほし》さんの家の中へ。僕たちはジャージ姿のお兄さんの細い背中を先頭に、階段を上がる。

たどり着いた二階には三つの部屋があった。

「さてと、どっちの部屋で話す？　絵馬《えま》か俺か」

お兄さんの真央《まお》さんがそう言うと、猪熊《いのくま》さんが挙手した。

「真央、あんたの部屋よ。連れて来たこの汚物を絵馬の部屋に入れる訳にはいかないの」

「まーた絵馬の幼馴染《おさななじみ》だからってタメ口ききやがって。こっちは四つ上だぞ？　まあいいけどよ、俺の部屋は使用後でちょい汚れてんだよな。だから絵馬の部屋がいいと思うぜ」

「うぐ、本当に臭そう。わかったわ。絵馬、いい？」

「もちろん、大丈夫だよ！」

何の使用後かは聞くだけアレだけど、僕たちは白星さんの部屋に入る事になった。

「ちょっと待った」

白星さんが自室のドアノブに手をかけたその時、真央さんが僕たちを止めた。

「そこの男はこの家に来るのが初めてのようだし言っておく。一つだけ注意だ。あの奥の部屋には入るなよ」

そう言って二階のある部屋を指さす。階段手前から真央さんの部屋、白星さんの部屋の並びで、その最奥にある部屋だ。

「入ったら殺す」

普通に殺気を向けられた。もちろん僕としても他人の家を探索する趣味なんかない。と、他の三人の様子がなんだかおかしい。目を伏せて顔に少し影が差したような……。

「そ、それより早く入ろう⁉」

白星さんが部屋の中に僕らを案内する。

白星さんの部屋は白いふわふわの絨毯《じゅうたん》、シンプルな木製の家具の並ぶ居心地の良さそうな部屋だった。それにやっぱり白星さんの甘い匂いの中に飛び込むみたいでドキドキする。

「んで、こいつに女を口説く方法を教えろって事でいいのか？」

絨毯に置かれた小さいテーブルを囲んで座ると、真央さんが単刀直入すぎる言い方でそう切り出してきた。

「そうだよ！　亀丸《かめまる》くんって言うんだけどね、好きな人がいるの！　その人とうまくいくようにお兄ちゃんにいろいろ教えてほしいの！」

「なるほどなあ……」

真央さんがじろじろ僕を見回してくる。きつい感じに目を細めているけど本当に綺麗《きれい》な顔だ。さすがは白星さんのお兄さん。でも、このお兄さんがモテている理由って――。

「駄目だな」

「お、お兄ちゃん、なにが⁉　亀丸くんの何がだめなの⁉」

「男は顔が良くなきゃモテねえよ！　顔が良かったらモテる、顔が良くなけりゃ背が高くても勉強ができてもスポーツができてもモテねえ！　お前は不細工だからあきらめろ！」

いきなりなんなんだこの暴言は。そりゃ僕はイケメンじゃないけどさ。でもそう言うって事は、真央《まお》さんがモテるのって単純に顔がいいだけって事だよなあ……。

「ふうん、まあそれだけよねあんたなんて。はい終了帰りましょ」

「そうね予想通り無駄足だったわ。これでもう用はないのだし帰りましょう」

猪熊《いのくま》さんと鷹見《たかみ》さんがつまらなさそうに鼻を鳴らして立ち上がる。

しかし、そんな二人を一顧だにせず、真央さんがにやりと笑い、

「ただしテメエはたとえ顔が良かろうが——モテねえ！」

獰猛《どうもう》な笑顔でとんでもない言葉を叩《たた》きつけてきた。

「亀丸《かめまる》とかいったな。言ってやるよ、お前がイケメンだとしても、お前に近寄られたり話しかけられたりましてや告られるのなんて、女は嫌悪感しかねえから！」

「そ、そんな事ない！　亀丸くんはそんな人じゃないもん！　やめてお兄ちゃん！」

白星《しらほし》さんがテーブルをべちーんと叩いて反論してくれる。やっぱり白星さんは優しい。なのにこのお兄さんときたらなんで初対面の人間をここまでボコボコにできるんだ。

と、白星さんが怒りをぐっと抑えるようにして座り直していた。

「でも……聞かせてほしいの、お兄ちゃんの考えを。亀丸くんについてお兄ちゃんがそう思うのは分かった。けれど『なぜ』そう思うの？」

「まあ分かんねえよな、だってお前ら処女だもん。自信満々なツラして処女だもん！　だ

っさ！　経験ないくせに恋愛語るとか童貞がセックス語るのと何が違うんだよゲラゲラ」

煽《あお》る真央さんに猪熊さんと鷹見さんもむっとしたような顔をしている。

「そこまで言うなら聞かせてもらおうじゃないの。あたしはあんたの顔の造形だけは認めてるのよ。ファッション誌の表紙にアップで撮影されても十分に耐え得る素材だわ。で、このダメ丸が同じレベルの顔になったとしてもモテないってどういうこと？」

「そうね、その発言は聞きようによっては――顔の良さより大事なものがある、という事を言外に意味しているわ。貴方《あなた》にしては珍しくね」

確かに解釈によっては顔よりも大事なものがあると思っているがゆえの発言ともとれる。けれどこのお兄さんの暴論にそんな理由なんてあるんだろうか。

僕らが再びちゃぶ台テーブルを囲むと、お兄さんが咳払《せきばら》いを一つして、言った。

「俺、大学で生物学をかじってんだよな」

そういえば真央さんは大学生なんだった。だけど生物学って意外だ。

「専攻は動物行動学、主な研究テーマは『人と動物の境界は』だ。だがな、結論動物も人間も大きく変わりはねえ。変わるのは言葉を話すことによって情報を残す機能だけ。だから俺の話は男をオス、女をメスって言葉使うから。いちいち口挟むなよ？」

表現もいちいち過激すぎる。本当にまともな事を話すんだろうか。

「動物行動学と俺の経験で分かった女についての事を教えてやるって事だ。そんで最初に大事なのはな――まずお前がメスの気持ちになる事だ」

「め、メスの気持ち？」

「そうだ。現代人じゃない、原始的なホモサピエンスのメスを想像するんだ。本能を察しろ。生物の本能ってのはな、数十億年の淘汰《とうた》を経てすげえ合理的に作られてるんだ」

いきなりスケールが大きすぎる。でも下品で乱暴だったお兄さんの話が、ほんの少しだけアカデミックになってきた気もする。

「さあ想像しろ。原始の厳しい自然環境の中、お前がメスだったらどんなオスを選ぶ？」

どうやったら生存率が高くなるかって事なんだろうけど、まずは常識的に考えて……。

「強いオスを選ぶ、ですかね？」

「半分正解。ホモサピエンスにおける強いの定義は？」

「原始的な世界だったら身体が大きかったり、喧嘩《けんか》が強かったり」

「それなら不正解だ。そんなもん普通に『弱い』だろ」

意味が分からず首をかしげる。原始の世界で腕力が弱いってどういう事なんだ。

「まずホモサピエンスの歴史の中で、どんな強さを持つオスが生き残ってきたかといえば第一に『戦争に強い』ことだ。個人の喧嘩なんざ下の下。より多くの武器と人数を集めた集団が相手を根絶やしにして、その財産を奪い、ＤＮＡごと後世に引き継ぐ」

「み、身も蓋もない強さですね……」

「それ以外に何かあんのか？　集団戦こそが現代まで変わらないホモサピエンスの強さだ。そして、この強さを個人に置き換えるとそれは集団を率いるリーダー。つまり強いオスの定義ってのは――『結果としてヒエラルキーが高い』こと、これに集約される」

　ヒエラルキーの意味は理解できる。けれど結果としてってどういう意味なんだろう。

「実例は腐るほどあんだろ。クラスで一番人気の男が一番モテるだろ？　そいつよりイケメンもいる、話が面白い奴《やつ》もいるし勉強や運動が出来る奴もいる、けれどカーストの頂点は自然にモテてるだろ？　ありゃ本人の能力じゃなくて『結果としてヒエラルキーが高い』ことに惚《ほ》れて女が寄ってきてるんだぜ？　これがヒトのメスの本能なんだよ」

　それはそうかもしれない。思い返せばそれは常識。でも何か腑《ふ》に落ちないいんだよなあ。

「異議ありよ」

　鷹見《たかみ》さんが手を挙げた。

「ヒエラルキーに惚れるという根拠が薄弱だわ。人間は理性のある生物よ。そのモテる男なりの良いところに目をつけて皆が好きになっているだけでしょう」

　そうだ。一番人気が一番モテてるのは理解できる。けれどそれは一番人気になるがゆえの本人の良さがあったわけで、その論はやっぱり順序が逆じゃないかと思う。

　真央《まお》さんが「ふうん」と適当な相槌《あいづち》を打つ。そして、部屋のテレビをつけた。

「これ見ても言えるか？」

　テレビに出ていたのは新進気鋭の高校生くらいの男性アイドルだ。そうしてメンバーのある一人がアップされると、真央さんはその人を指さしたのだった。

「こいつ、不細工じゃん」

「いや、アイドルだし不細工な訳はないと……」

「不細工じゃん。駅前歩けばこいつより格好《かっこ》いい奴《やつ》すぐ見つかるだろ」

あれ？　そう言われてよく見るとそうでもないような。

「これってメディアがこいつを盛り上げてるからなんだぞ。さも一般人とは格が違うヒエラルキーに居るようにな。だからよ、逆じゃねえんだ。確かにメスは能力じゃなくてヒエラルキーに惚《ほ》れるんだよ」

それがもし正しかったとしても、これは女の子のアイドルにも言えた話じゃないかとも思う。駅前を歩けば見つかりそうな顔でも大人気な女性アイドルはいる。これって人気のあるものに飛びつく日本人の習性とかそっちの話な気もする。

しかし、真央《まお》さんは自信満々だった。

「それに女のアイドルグループは何十人もいるってのに男のグループは五人前後だろ？　これってそのファンである女には、五位以下のヒエラルキーのオスは本能的に目に入らないって理由での適正人数なんだぞ。それに日常でも実例はある。修学旅行の夜にクラスの誰が好みのタイプかみんなで話すな？　男の場合、確かにいい女に人気は集中するが目立たない女を選んで『え？　お前アイツ行くの⁉』って奴が一定数いて盛り上がるのが定番だ。だがな――女はクラスで上位五人の男の話しかしねえから」

気づくと、猪熊《いのくま》さんがジト目で真央さんをにらんでいた。

「まあ……中学時代、絵馬《えま》と一緒にみんなの話を横で聞いてたけど、それについては確かにそんな感じだったわ。でも、みんなと違う意見が恥ずかしいってだけじゃない」

「たったトップ五人以外を選ぶのすら『みんなと違った恥ずかしい事』って思う気持ちがまさにヒエラルキーへの憧れじゃねえかって言ってんだけど、分からねえかなあ」

　納得していなさそうな顔をして猪熊さんが黙る。僕ももちろん何も言えない。

　真央さんの持論は極端すぎる。だけど、妙な一貫性だけは感じてしまっているんだ。

「――ここで俺の一番言いたいことだ、亀丸《かめまる》。ヒエラルキーの高いオスがモテる。だからこそモテない奴がすべき事はただ一つ。メディアが不細工をアイドルに仕立て上げるように、自分のヒエラルキーが高いように見せかけることなんだ」

　見せかけるという嘘《うそ》の響き。だけど圧倒的な下位の僕にはやはり魅力的だった。この傲岸不遜な魔王は、今度は何を口に出すんだと期待してしまってもいる。

「方法は簡単だ。『余裕』があるように見える事。これがヒエラルキーの高いオスのように見せかける一番の方法だ」

　余裕。そんな単純な事を言った真央さんが、またにやにや僕に視線を向けてくる。

「なんかお前の姿見えるわ。好きな女には、優しく紳士のつもりで『大丈夫？　疲れてない？　何かしたいことある？　僕は何でもするよ？』って機嫌を窺《うかが》うキモイ奴だろ？」

「そ、それは……」

「相手からはこう見えてるぞ。『うわなんか必死。他に相手してくれる人いないのかな？　弱いオスなのかそれか病気でも持ってるのかな？　この人と子供作ってもすぐ死にそう、やめとこ』そうメスは本能的に察するんだよ」

ぐぐ、確かに玲花《れいか》先輩のためならどんな事でもするし機嫌だって取ろうと思っていたけど、そんな勝手な想像でボコボコにして……！

「大事なのは余裕だ。例えばよ、女の機嫌なんていちいち知ったこっちゃねえ、バカな事言ってきたらバーカって罵れ、舐《な》められたら普通にキレ返せ。そうしてやるからこそメスは『ずいぶん余裕だわ。他に相手してくれるメスがいるのかもしれない。それなら安全な立ち位置のオスなのかな？』って思えるんだよ」

「そ、そんな乱暴な……」

そう返しつつも、そんな態度のヤンキーこそいつも彼女を連れているイメージがある。もっと他に優しい人がいるのにって思うけど、これはその例なんだろうか。

でも、問題はその余裕なんてものはある意味性格で、やっぱり簡単に変えられるモノじゃないって事なんだけど。

「それより、どうやってそんな余裕を身に付けるかだ。簡単な方法がある」

すかさず真央《まお》さんが放った簡単の言葉に耳をそばだてる。きちんと結論が用意されていたのにもびっくりしたけど、それって一体どんな方法なんだ。

「余裕を持つ簡単な方法、それは――『他のメスも相手にする事』だ」

「ほ、他のメスって……他の人にも手を出すってことですか？」

「それ以外の何に聞こえるんだ？　そいつしかいないと思ってるから卑屈になるんだろ。

世界に何億人の女がいると思ってんだ」

「い、異議ありだよお兄ちゃん！」

今度は白星《しらほし》さんが挙手した。

「だ、だって一途《いちず》じゃないとやだもん！　他の人に移り気な男の子なんて好きになる女の子はいないよ！」

「それはな、お前が好きになった男がそうだったら嫌なだけだろ？　好きでもない対象外の男がお前に一途だったら恐怖しかねえだろ」

「そんな事ないもん！」

「一途ってのはな、他にもたくさん言い寄られてるモテモテな奴《やつ》の美点なんだよ。それ以外の奴が一途でもヒエラルキーが低いオスの必死な姿にしか見えないんだって」

それは……認めたくない。それは入学してからずっと玲花先輩を好きだった自分の否定だ。それにそんな気持ちのこもらない付き合いなんて僕はしたくない。

けれど――。

「まあ一途にしたけりゃすればいい。だがな、恋愛は押せばいいってもんじゃねえんだ。例えば好きな相手に誰か男がいたりする。そんな時にただ攻めても相手に嫌われることにしかならないってのに、一途ってのは見苦しく『壁』に突進する原因にもなるんだ」

壁の一言に気づく。これは、今の僕そのものじゃないか。

「壁に突進する馬鹿って多いぜ。その女だけに必死になって、自分の生活を楽しめてない余裕のないやつなんて女が惚《ほ》れるはずもないのにな」

そうだ。今、玲花《れいか》先輩が坂町《さかまち》先輩への想《おも》いを捨てきれないのは知っている。その事に死ぬほど思い悩んで、嫉妬して、焦ったり何も話せなかったり、逃げ出したりもした。

客観的に見れば、そんな余裕のない男に惚れる女の子なんているはずはない。

「だからそんな時は他の女と遊べばいい。そのうち好きな女とその男の関係が切れる事なんざ普通にあるし、その時、余裕のあるお前の姿にその女が惚れる事もある。もしくはたまに、とりあえずの女こそがお前の本物になることもある。まあ恋愛って単純じゃねえんだ。一途《いちず》なんて絶対じゃねえよ」

いろいろ腑《ふ》に落ちない。けれど『余裕』っていうのは、僕の考えているよりもっと大きな意味がありそうだって、なんとなく思えてしまった。

「それじゃあ、亀丸《かめまる》。余裕を持つために他の女にも手え出してみるか！」

だけどこの方法だけは取りたくない！

「そ、それは僕の性分ではないというか……」

「お前童貞だろ？　それならなおさらだ。最初こそとりあえずさっさと付き合ってエッチしてみるのすげえ大事だから。女に対する余計な幻想が消えて余裕ができるぞ」

「い、いや……それこそ適当には」

「適当でいいんだよ。『初めて』なんてクソみてえにあっさり終わんだから怖がんな。誰が相手だろうが大した思い出にもならねえっての。お前、初めて乗った自転車の形とか覚えてたりするか？　それと一緒だ。ごちゃごちゃ言わずまずは乗って慣れりゃいい」

うう、なんて異人種なんだ。要所要所正しそうなことは言ってるけど、やっぱり全体的に受け入れられない！

「もう！　お兄ちゃんやめて！　もうわかった！　でも一途なのは大事だよ！　こっちで頑張って亀丸くんに余裕ができるようにしてみるから！」

「あーあ、俺なんてお前らよりも圧倒的に経験あんのになんだかなあ」

「そ、それでもお兄ちゃんの一途じゃないところだけは間違いだよ！　亀丸くんは一途だからすてきなの！」

「まあいいや。だがな絵馬《えま》、お前もこんな奴《やつ》らと付き合ってるといつまでも彼氏できねえぞ。処女三人組とか笑えねえわ。どうせキスした事もないんだろ？」

白星《しらほし》さんが誰とも付き合った事がないのは有名だ。

ところが白星さんは顔をぼん、と赤くさせて口元に手を当てて、

「き、キスだけは…………した」

一瞬の静寂。そして、

「「GYAAAAAAAAAAAAAAAAAAAAAAAAAAAA！」」

猪熊《いのくま》さんと鷹見《たかみ》さんが大絶叫した。

「え、絵馬！　誰としたの誰⁉　ああああどうせ死ぬほど頼み込まれてキスしちゃったんでしょ⁉　誰よ誰⁉　最悪なエロ猿！　ハサミで細切れにしてやるわ！」

「絵馬《えま》……ぜひ誰としたか教えてほしいの。ええ大丈夫、縛って密室に閉じ込めてから七日間蹴り続けてやるだけだから。そうね死体蹴りどころか肉塊になっても蹴り続けてしまうかもしれないけど」

二人とも背中から赤黒い殺意のオーラを放って怖すぎた。

一方の白星《しらほし》さんはといえば、なぜか僕の方を赤い顔でちらちらと見ている。

「も、もう！　だから言えないんだってばあ！　それに人助けでしただけだもん！」

「キスがどうやって人助けになるっていうのだまされただけじゃない！　ああああ絵馬ってばやっぱり見張ってないと危険な目に遭うんだから！」

「そうね、絵馬。今以上に貴女《あなた》を守るわ。そのために貴女とひと時も離れずにいたいと思うの。印税も溜《た》まって貯金もできたし、マンションを買うから一緒に住みましょう？」

「だ、だから本当に人助け的な！　その！　じん、じんぱい？　じんこ……あわわわなんだっけ!?　でも結果的にキスみたいになっただけでそういうのじゃないの！」

あれ？　謎に僕もけっこうショックを受けてるぞ？　白星さんが誰とキスをしても僕には関係ないのに。ただ白星さんはすごくいい子だ。どうせあの超絶に甲斐甲斐《かいがい》しくなる特殊な性質を利用されただけなんだ。確かにそいつは許せないな。

「女神スイッチだっけか。確かお前らはそう呼んでるんだよな」

突然、真央《まお》さんが言った。

「死にたい、って言う相手に過剰に同情して何でもしちゃうんだもんな。まあ俺は『呪い』って呼んでるんだけど。まだ治ってなかったんだな」

　呪い。その言葉に、女神スイッチにもともと自覚のない白星さんを含め、猪熊《いのくま》さんと鷹《たか》見《み》さんまでが首をひねっていた。でも真央さんは妙に神妙な顔をしている。

「つーか本当に治ってないのか確かめてみるか」

　一転、にやりと僕を一瞥《いちべつ》し、わざとらしく咳払《せきばら》いをするお兄さん。

「絵馬。さっき亀丸《かめまる》に言った余裕だけどな。童貞男にはほんっとーに厳しいんだ。しかし男は童貞を卒業するだけで自信をつけて、その日のうちに劇的に姿を変える！　そんなにこいつの事心配なら——エッチさせてやったら？」

「な、なななななな何を言ってるんですか真央さん！」

　本当に馬鹿げたことを言い出した。さすがに冗談としてもふざけていて誰が聞いても馬鹿げた話って分かるけど、当の白星さんは頬《ほお》を染めて目を逸《そ》らしながら、

「ほ……本当に一度で自信つくの？」

　また静寂。そして、

「『GYAAAAAAAAAAAAAAAAAAAAAAAAAAAAAAAAA！』」

　猪熊さんと鷹見さんが大絶叫した。

「絵馬！　ああああ駄目だってば絵馬！　なにこんなクソ兄貴の嘘《うそ》を真に受けてんのよ！　押し切られる気まんまんじゃないの！」

「何て事……！　ああ絵馬ったら、何故《なぜ》そんなエロ漫画の超絶スピード展開みたいなドス

ケべな台詞《せりふ》が言えるの貴女《あなた》は……！」

「ど、どすけべじゃないもん！　それに、その、もし万が一ってあくまで仮定のお話で聞いておきたかっただけだもん！」

何というか猪熊《いのくま》さんと鷹見《たかみ》さんの気持ちが初めてわかった気がする！　本気かどうか分からないけど、考え方がちょっと危う過ぎやしないか白星《しらほし》さんは！

「そ、それに！　亀丸《かめまる》くんはぜったい獅子神《ししがみ》先輩と付き合わなきゃいけないの！　そうしないと……そうしないと……！」

急に白星さんの纏《まと》う空気が変わる。

「そうしないと、そうしないと……！　本当に……！」

ヒートアップしたまま瞳孔を開かせて、まるで熱に浮かされたようだ。

「そうしないと……そうしないと……そのためだったら何でも」

なんだ？　白星さんが一生懸命に尽くしてくれる子なのは知ってるけど、そんな純粋な気持ちの中に一瞬狂気みたいなものが垣間見《かいまみ》えたような……。

「ダメ丸、帰るわよ！　もうこの話をするだけ絵馬《えま》が危険だわ！　それにやっぱりこいつの言ってる事なんてデタラメだらけだし、さっぱり役に立たないんだから！」

猪熊さんの言葉に鷹見さんが頷《うなず》くと二人は僕の両手をがしりと掴《つか》んで、え……？　ずるずると部屋の外に引きずり出されたけど痛い痛い！　え？　階段もこのままいくの⁉

「さてと、俺も部屋に帰るかな」「あ、みんな待って――――！」

お兄さんもあくびをしながら部屋を出て、追いすがる白星さんを尻目に僕は引きずられたまま家を出ることになったのだった。


数日後の午後。教室の窓の外で揺れる並木の緑を眺めながら、僕は――白星さんのお兄さんの事を思い出してみる。

余裕を持つ。そのためには一途《いちず》にならない。

前者は同意できる。けれど、後者は受け入れられない。

『――そいつしかいないと思ってるから卑屈になるんだろ』

ただ、僕は、なぜ玲花《れいか》先輩しかいないと思っているのかを振り返ってみる。

幽霊みたいな僕を初めてしっかりと見つめてくれた人。居場所を作ってくれた人。

だから好きだ。でも――。

僕は自分の机の周りを見る。

教室窓際最後方、周囲は黒の世界。境界を隔てたむこうは色鮮やかな世界。

そうだ。僕が玲花先輩を好きなのは、『こんな』僕に良くしてくれたからだ。

玲花先輩に見捨てられたら誰もいない。僕の居場所がなくなる。そんな執着がないとは断言できない。それは確かに必死で余裕がないといえる。

ただ、そんな余裕を持ちたいと願ってはいるけれど、そんな簡単にはいかないわけで。

「あ……！」

突然の声に視線を向ける。

隣の席の女子、佐藤《さとう》さんの机から消しゴムが落ちてきた。ちょうど僕の椅子の近くに。

黒髪のショートヘア、佐藤さんは僕と目が合うと、ぱちくりとまばたきして硬直した。

僕は——僕の方が消しゴムに近いので、普通に消しゴムを拾って普通に手渡した。

「あ、ありがと……亀丸《かめまる》」

なぜか目を丸くしている佐藤さんに「うん」と相槌《あいづち》を返し、視線をまた窓の外に戻す事にする。

「さて今日のホームルームでは、来月の学園祭のミスコン出場者を決めたいと思います」

気が付くと、委員長が教壇からそんな風《ふう》に仕切り始めていた。そういえばそろそろ学園祭の諸々《もろもろ》をクラスで決めていく時期だ。

「例年通りミスコン出場者は一クラス一名ずつです。なお、今年からミスターコンも同時に開催されるので、男子の代表も決める事になります」

ミスターコンは今年の生徒会で決まった案件だった。以前から希望が多く、玲花《れいか》先輩と僕が学園祭実行委員と調整を進めて今年から開催が決定したのだった。僕らの仕事がこういう風に反映されているのを見ると、少しだけ誇らしげな気持ちになる。

「ミスコン……あああエレナが出るなら叩《たた》き潰すために出てやるのに、なんで同じクラスなのよ。出づらいじゃないの……！」

「ふふ、二位は面倒くさい事考えてるのね。絵馬《えま》はどう？　出ればまず優勝だろうけど」

「そ、そんな事ぜったいない！　わ、わたしなんか出てもしょうがないってば！」

三人はいつものように騒いでいる。周りも微笑《ほほえ》ましげに受け入れている。

教室ではあの三人が僕に話しかけてくることはない。席も遠いし、なによりあの三人は女子の中でも人気で他の友達と話すのに忙しい。やっぱりあの三人は僕と違って光の世界の住人ではあるんだ。最近話してると、忘れがちなんだけど。

「まずはミスターコンから決めます。希望者いますか。いなければ他薦でもいいです」

委員長が教壇からそう呼びかけるけれど、誰も手を挙げない。というかこういうので自薦ってけっこうムリがあるんじゃないか。どれだけ自信満々だっていう事にもなるし。

「はい」

静寂を破って、挙手の声。声の主は――僕の隣の席の女の子、佐藤さんだった。

「あたし、亀丸がいいと思う。髪切ってから最近かっこいいし」

一瞬、誰の事か理解できなかったけど、ぶわっと視線が集まってきて事態に気づく。

「あれ？　あんな奴《やつ》いたっけ？」「そういえば……」「でも、あんなんだったっけ？」

視線が集まる。刃になってこちらの世界の境界に突き刺さってくる。

視線。視線。僕の発言を期待するような眼差《まなざ》し。みんな幽霊の存在に気づいて今さら興味津々なんだ。発言した佐藤さんは得意げな顔をしてこっちに親指を立てているけど、こんなのいきなりすぎる。

怖い。こんな人数の視線にさらされるのは怖い。数十のどんな反応が返ってくるか分からない恐怖。地雷原に放り込まれた感覚。少しでも言葉を間違えば少しでもこんな僕の地が出れば——きっとそうだみんなに笑われて気持ち悪いとか不細工のくせに調子乗るなとか面白い事話せよなんで黙ってんだとかそうやってせっかく仲良くなれた白星《しらほし》さんたちにもやっぱりあいつは駄目だって——。

『——自分の生活を楽しめてない余裕のないやつなんて女が惚《ほ》れるはずもねえのにな』

暗い思考の歯車が回り始めたその時、真央《まお》さんの挑発的な笑みが浮かんだ。

そうだ、僕が玲花《れいか》先輩の事を好きな理由。その気持ちの中で唯一後ろめたい事。

それは幽霊みたいな自分の人生と、その負い目から玲花先輩に依存している事だった。

僕は、変わりたいと思っていたんだ。

「はは……ぼ、僕が出たってネタにもならないと思うけど」

怖い。けれど僕は変わった。変えてもらった。

猪熊《いのくま》さんに魔法をかけてもらった。だから自信を持て、外見で笑われるはずがない。

鷹見《たかみ》さんに教えてもらった。人間は他人に興味はない、誰かの興味を自分へ向けてもらうにはあれだけの労力をかけなきゃいけない。だから僕がこの場で何を言っても、きっとみんなそこまで気にするものじゃない。

だから大丈夫。もう怖くない。だから——。

「はは、さすがに無理だと思うな」

僕は笑顔を作った。重圧に立ち向かうように、猪熊《いのくま》さん仕込みの抗《あらが》い戦う笑顔を。

そして努めて柔《やわ》らかく放った僕の普通の一言。誰に言うでもないその言葉は静かな教室に妙に響いた気がした。ぽつりと響いて、黒の世界の境界に穴を空けた気がした。

次の瞬間、国境が崩壊して、太陽よりも眩《まぶ》しい気配が飛び込んでくる。

「そう！　そうなの分かってくれる佐藤《さとう》さん!?　最近、亀丸《かめまる》くんってかっこいいの！」

白星《しらほし》さんががたりと席を立ってとんでもないスポットライトを当ててきた。

「あれ？　けっこう雰囲気あるかも」「思い出した。目隠れるくらいだったけど思い切って髪切ったんじゃゃん」「あたしも思い出したｗｗけっこう可愛《かわい》くなってるしｗｗ」

女子からのそんな声。白星さんのスポットライトで単なるエキストラがまるで重要人物みたいに注目度が跳ね上がっていくのが分かった。

一方の男子はぽかんとしてお互いの顔を見合わせている。

「か……なに？　なに丸だっけ？」

誰かがぽつりとそうこぼした。その言葉に僕の前の席、茶髪で背の高いバスケ部の熊谷《くまがい》君がのそりと動いた。そうして僕に顔を向けつつ、みんなに向かって、

「忘れんなよ。蟹《かに》丸だって」

思いっきり間違えてた。顔がニヤついている。わざとか。

けれどそのニヤつきに悪意は感じられなかった。見たことがある。名前の間違え方も、ニヤつき方も麻子《あさこ》さんとほとんど一緒だ。それなら対応できる。

「こ、甲殻類じゃないって。か、亀丸だよ」

その言葉に熊谷君が驚いたように一瞬目を開いて、またニヤつく。

「あれか、レモンかけて生で食べるやつ」

「か、牡蛎《かき》丸でもないって！」

僕も一瞬考えて、そう返した。

「あれか、秋に川を上ってくるやつ」

「シャケ丸って言いたいのかもしれないけどせめて頭文字を『か』に統一しようか……！」

教室から、くすくすと笑う声がして、委員長が教壇を叩《たた》く。

「その、ちゃんと真面目に決めてください！　まだ時間はありますのでミス・ミスターコンはまず募集という形にしておきます。それでは次の――」

それからは特に何もなくホームルームは淡々と進んだのだった。


ホームルームが終わり放課後。前の席の熊谷君がちらりと僕の方へ振り返る。

そしてもう一度ちらり。そうして今度は本格的にこちらへ体を向けてきた。

「なんかお前、いつも黙ってるし、言っちゃ悪いけど存在感薄かったのに、変わったな」

「いや、まあ……ははは」

「でしょ？　話すタイミング掴《つか》めないなーってあたしも思ってたけど、少しいじってみたらぜんぜん普通だし」

隣の席の佐藤《さとう》さんが悪戯《いたずら》っぽく微笑《ほほえ》む。けれどあのいじり方は心臓に悪い。

でも、たったあれだけで、すこし踏みとどまって言葉を発しただけで、あの黒の世界は光に包まれてなくなってしまったんだ。

熊谷《くまがい》君がまた僕をじろじろと見ている。今さらながら興味津々。でも今は、それがなんだか嬉《うれ》しい。

「前から気になってたけど、やっぱその髪いいな。どこで切ったんだ？」

「し、親戚の美容師さんが帰省してきたついでというか……」

正直に猪熊《いのくま》さんって言うと面倒くさい事になりそうだったので、ごまかしておく。

「てか今度、クラスの奴《やつ》らで服屋のセールついでに街に行く予定あんだけど、行かね？」

突然の誘いに固まる僕。

その時、教室の入り口から――黒髪の凛々《りり》しい顔、玲花《れいか》先輩が見えた。

ガラス越しの玲花先輩は、僕の様子を窺《うかが》うようにこちらをじっと見つめている。

「あたしも行くー♪」

と、玲花先輩へ向けた僕の視線をさえぎるように佐藤さんが割り込んできた。

「は？　野郎だけしか来ねえから」

「あたしの友達も連れていくし。それならいいでしょ？」

「あー、まずはそっちのメンツ教えてくれ。他の奴らにも聞いてみるから。んで、亀丸《かめまる》は大丈夫だよな？　まあ日程は後から言うわ」

「あ、う、うん……」

気が付くと玲花先輩は姿を消していた。いきなりの誘いに驚くよりも、そっちが気になってしまった。

暗い雲が晴れて、明るい希望の兆しが見えた気がした。

けれど、それが一大事件を引き起こすとはこの時は思ってもみなかったんだ。


放課後の生徒会室。玲花先輩は、いつも通りに書類に目を通していた。

今日も僕から話すきっかけを作ってみる事にする。それにアレはさすがに気になる。

「先輩、さっきは何の用だったんですか？」

教室をのぞいていたと思ったらいつの間にか姿を消していた。その件についてだ。

「いや、通りがかりでのぞいてみただけだ。いつも生徒会室への通り道ではあったがな。今日はたまたまだ」

何か用事でもあるのかと思ったら、なんだたまたまか。

そう思っていたら……。

「君は……変わったな」

「そ、そうですか？」

「ああ、本当に変わった。春にはまだ頼りなさが残っていた。だが今は外見も格好《かっこ》良くなった、私と普通に話してくれもする。何より、クラスで友人もできたようだな」

それは先ほどの熊谷《くまがい》君と佐藤《さとう》さんの件のようだった。まだ友達とはいえないけど、玲花《れいか》先輩はそう取ってしまったらしい。

「正直、以前から君をたまに教室のドアから覗《のぞ》いていたのだ。ただ心配だった、君は大事な後輩だからな。教室で一人きりであることを私は心配していたのだ。だが……人は成長するのだな。ここ最近の君はすごく良いと思うぞ」

少し恥ずかしかったけど、僕の変化に気づいてくれて、褒めてくれて、本当に嬉《うれ》しい。でも……玲花先輩はなんでいきなりこんなことを言い出したんだ？

「人は大きく変わる事が出来る。まさかそれを君から学ぶとは思っていなかった。おかげで進路希望の件も片付いて仕事にも勉強にも身が入るようになったぞ」

進路希望。その言葉を聞き一瞬首をかしげ……その用紙に向かって悩んでいた先輩の姿を思い出し、何を言いたいのかを予感して、戦慄する。

「せんぱ——」

「決定だ。私はアメリカの大学を目指す事にした」

銃弾が撃ち込まれるときはこんな感じなのかもしれない。撃ち込まれる瞬間に本能で危険を察知しても、身体が反応しきる前に弾丸は肉を貫いていく。

「君には言った事がなかったかもしれないが、私はやはり坂町《さかまち》先輩に憧れていたのだ。だが彼は本当に遠くに行ってしまった。私が手の届かないと思った距離に。しかし君が教えてくれたのだ。人は為《な》せば成る、と。それも驚くほど短期間で。だから私は、卒業後にはアメリカを目指す事にした。君が背中を押してくれたおかげだ、本当に感謝する」

呼吸ができない。ただ頭に残っていたのは、猪熊《いのくま》さんに教えられた笑顔、鷹見《たかみ》さんに言われた相手の話を聞くこと、そして真央《まお》さんに言われた余裕を持つこと。

「そ、そうですか……僕も、嬉しいです」

僕はねじ切るような力で顔面の筋肉を笑顔にさせて——席を立った。

「す、すみません。せっかくお話ししているところなんですが、ちょっと用事を思い出しました。今日はこれで」

「そ、そうか？　ずいぶん急だな」

これが今の僕にできる限界だった。

呼吸ができない。水の底から水面を目指すようにして僕は生徒会室のドアに向かう。

ドアを開ける。半開きだったのか抵抗なく開く。

なぜか白星《しらほし》さんがいた。「あ……」と小さく驚いたような声をあげ、固まっている。

「——っ！」

声もかけずに僕は廊下を走る。走って——走る。校舎を飛び出して、走る。あの夕日の生徒会室で、坂町先輩の写真を抱く玲花先輩から逃げ出した時のように。

あの時よりもずっと絶望的だった。学校一の才女。もともとあの人にとっては努力すれば海外だって現実に手の届く距離なんだ。それを僕は——。

「ぐ、う……」

この前よりは我慢できた涙。だけどやっぱり国道の坂であふれて来たので、坂沿いの小さな公園に隠れるように入る。

やりきれない。努力が全部裏目に出た。だけど待て、これは本当に僕自身の努力だったか。僕は何もしていない。僕はただあの子たちの言う事を聞いていただけだ。

「……亀丸《かめまる》くん」

公園に入ってからどのくらい時間が経《た》ったのか、振り向くと夕日を背にした白星《しらほし》さんが立っていた。

「その、わたし、実は結構前から気になって、覗《のぞ》いちゃってて、その」

そして影になった顔を伏せて、

「…………わたしのせい？」

その言葉はいつもなら即座に否定できた。だけど今は最悪のタイミングだ。

やり場のない哀《かな》しみが思考と論理を捻《ね》じ曲《ま》げる。

これは僕が最初から決めたことじゃない。こんな事ならあの時――。

「…………ごめんなさい」

消え入るようにそう言った白星さんが、踵《きびす》を返して目元を押さえながら走り去った。

間に合わなかった。そうじゃないって否定するのに。

こうして、僕は何もかもを失ってしまったのだった。

第六章　超恒星の恋愛極意

朝から分厚い黒雲が空を覆って、大粒の雨が降っている。

不快な湿度。休み時間だっていうのに教室は静かだった。

静かなのは白星さんが学校に来てないからだ。太陽が隠れて、猪熊《いのくま》さんも鷹見《たかみ》さんもおろおろと周囲を見回して不安げな表情をしている。

昨日の公園での出来事。あれから白星さんに連絡することさえできない。

なぜ、僕はこんななんだ。なんでいつも上手《うま》くできないんだ。けれどそうだこれが本来の『僕』なんだ。みんなにお洒落《しやれ》や会話を教えてもらっても、その中身は空っぽ。結局こうだ。絶望的にコミュ障で、肝心な時に何も言えない、心底駄目な人間――。

暗い思考が回り続ける。自己嫌悪が重圧となって身体を潰す。頭の芯が疲労に痺《しび》れて全く動かない。まずいと思っていても指先一本動かせないし、立ちあがれない。

加えて教室の湿度にとうとう参ってしまい、僕は午後に学校を早退した。

「……ど、どしたん？」

寮の玄関を開けるとちょうど麻子《あさこ》さんがいて驚いたように目を丸くする。相変わらずの短パンにタンクトップ姿で、廊下を掃除していた。

「え？　傘は？　朝、持って行ったじゃん」

無言でうつむくと、額から雫《しずく》がぽたぽたと玄関の床石に落ちた。

「……体拭いたら、ちゃーでも飲むか」

私服に着替えてしばらくすると、おもむろに寮の食堂に連れていかれた。

首からタオルを下げた僕の目の前には、湯気を立てるお茶。テーブルをはさんで向かい合う麻子《あさこ》さんは、らしくない神妙な顔をしている。

「で、どしたん？　体調が悪いようには見えないけど」

かしこまったような感じになって、なんだか言い出すことができない。

古ぼけた壁紙の食堂の中、聞こえるのは窓の外の雨の音だけだった。

「……言いなって。だいたい分かるよ。最近付き合いのあった奴《やつ》らの件でしょ？」

全部、お見通しだったみたいだ。

「大切な人と……どうやって上手《うま》く話したらいいのか分からなくて」

「そか。どっち？　好きなやつと友達と」

全部どころか、それ以上もお見通しだった。

「両方です」

「うわあ、だったら面倒くさそうだから聞かない」

ぐ、なんだ、そっちから振っておいて逃げたぞ？

と、思ったら――。

「そうなんだよなあ……。そういうのって面倒くさいんだ」

麻子さんがため息をつきながら、そう言い直して、

「素直に話したい。でも相手の反応が怖いから何もできない。言葉を選んで選びきれなくて、時間だけが経《た》って……知ってる、それって面倒くさくて、めちゃくちゃ怖いやつだ」

「…………」

「知ってるよそれ。あたし、そんな面倒から逃げ続けてきた人間だからさ。まあ、怖かったもん。こっちに悪気はないのにたった言葉一つで失望されたり、嘲笑《わら》われたり、怒られたり、そのつど自己嫌悪の連続さ。……だからサボっちゃったんだ。最近の大地《だいち》みたいな感じの事をさ」

窓の外では雨が降り続いている。時々風にあおられた雨粒が寮の古い屋根をぱらぱらと打ち付ける音がした。僕は、黙って麻子さんの話を聞いた。

「そうやってサボって周りから置いていかれて……人と関わること自体が本当に怖くなる。それが、今のあたしさ。だからさ、そんな風《ふう》に悩んでる大地ってすごいと思う。面倒くさい事から逃げ出さずにきちんと向き合おうとしてるだけで、十分よくやってると思う」

「麻子さん……」

「はは、まーあたしだとこんな気休めなアドバイスしかできないんだ。ここのところ頑張ってる大地に言えることなんてあたしにはないよ。だから最近思ってるのはさ……そろそろ他の生徒のいる新設の寮に移ろっか？　ここも卒業だと思うなあ」

寂しそうに麻子さんが微笑《ほほえ》む。

「ずっとあたしの遊び相手なんて、してちゃいけないのさ。ほらよくいるだろ、小学生のグループに交じって遊ぶぼっちの中学生。同学年だとどんな立ち位置にいればいいか分からないから、そうやって分かりやすい関係に甘えてるんだ」

同じことを考えていたのか。年上相手は楽だと思っていた僕と。

「……って訳で、ふふ、どーだ、こんな大人を見るだけでだいぶ安心するだろ？」

これも麻子《あさこ》さんなりの慰めのつもりなのか。そうだとしても捨て身すぎる。なんなんだその哀《かな》しい否定は。なんで自分はそれしかないみたいな事を言うんだ。

だってこの場所は、玲花《れいか》先輩と同じく僕の存在を繋《つな》ぎ止めていた場所なんだ。

だから、僕は言った。

「麻子さん面倒くさい事から逃げるなっていうなら……僕はここにいます。だってあなたのほうが普通の人間より絶対に面倒くさいでしょう。いい練習じゃないですか」

「そ、そういう事じゃないって、分からないかなあ？」

「そういう事です。ここは——紛《まぎ》れもなく僕の人生の一部で、面倒くさい事を積み上げてきた場所です。ここがなければ僕は、ずっと一人でした」

「…………………」

屋根を打つ雨音が急に消える。訪れた静けさの中、麻子さんが大きくため息をついた。

「……あーあ、せっかくの真人間に戻るチャンスだったのに。はい気まぐれ終わり。この寮の存続とあたしのニート継続のため、もう逃がさないかんな」

「別にいいですよ。はは、もしかすると麻子さんのＢＡＤエンドルートも案外悪くないのかもって思えてきてもいるので」

「ばーか、年収二千万になってから出直してこい」

そうだ。こんな素の僕でも、麻子さんだけはそのまま受け入れてくれる。周りの大人なんて関係ない。僕にとってはかけがえのない人なんだ。

それを意識すると肩の力が抜けて、自然に笑みがこぼれた。

「……ちょっと楽になりました。ありがとうございます。あと、また外に出てきます」

「ま、頑張ってきな。あと、こっちもちょっとだけありがとって言っておくわ、エッチ」

「はは、エッチじゃなくて大地《だいち》です」

不器用に微笑《ほほえ》む麻子さんに背中を見送られて、玄関に向かった。

僕は『空っぽ』じゃなかった。振り返れば積み上げたものは確かにあって、その人が差しのべてくれた手に恥じないようにって、だからもう一度、立ちあがれる。

靴を履く。雨が上がったのか玄関の引き戸のガラスから日が差していた。

そこに、畳んだ傘を持った二つの影。

戸を開くと、つやめくツインテールと夜空を溶かし込んだような長い黒髪。

「――話があるの」

猪熊《いのくま》さんと鷹見《たかみ》さんだった。

昼ピクニックをした公園は寮と同じ丘づたいにあって、意外に寮からほど近い。

僕たち三人は公園のブランコに座る。僕を中央に猪熊《いのくま》さんと鷹見《たかみ》さんが挟む形だ。

雨上がりでブランコの鎖が濡《ぬ》れていた、座面はうっすら濡れてひんやりとしている。

まだ明るい午後の空には虹がかかっていた。今頃は本日最後の授業くらいか。なのに二人ともここにいるって事は猪熊さんと鷹見さんも早退してきたってことなんだろう。

「状況はなんとなーく把握してるわ。絵馬《えま》ってば電話したら『わたしのせいだ』しか言わなかったし」

沈黙を破って猪熊さんが口を開く。そうして次に鷹見さんが軽く嘆息し、

「ふふ、それに私たちは、今の貴方《あなた》の気持ちも分かる。分かってしまうのよね。本来なら絵馬を泣かせた人間など蹴り殺すしかないのだけれど、私たちは経験者だから、強くは言えないのよ」

「……経験者？」

聞き返すと、猪熊さんが「そうね」と軽くブランコをこいで、すぐ止まった。

「あたしも――あんたみたいだったから」

不可解すぎる台詞《せりふ》だった。猪熊さんが、僕みたい？

「小学生のころなんだけどね、あたし、太ってたの」

一瞬、耳を疑った。今の猪熊さんからは想像もできない姿だ。

「それもかなり太ってた。なぜってうちの家ってお洒落《しゃれ》のことごとくを禁止で、勉強と習

い事漬けな厳しい家だったの。親が望むような理想の子供になるためにね。でも、そのストレスで食べるしかなくて、その結果太って、男子にイノブタって馬鹿にされていじめられてた。もちろん服も親の買ってきたダサい服。女の子の友達もできなかったわ。一緒にいるとこ見られたくない、ってね。でもそれがストレスでさらに食べるのを止められなかった。ずっと一人だった。家に帰れば泣きながら冷蔵庫を漁《あさ》るみじめな毎日。──死にたいって思ってた。変わりたいけど変われない、立ち上がれないくらい悲しくてね」

今のお洒落で華やかな猪熊さんからは想像もできない。それが、どうしてこんな風《ふう》になれたのだろう。

「そこに絵馬が現れたわ。あたしが一人で泣いてる時に見つかって、そこであたしがうっかり『死にたい』って言ったらスイッチが入っちゃったのよ。ダメ丸にしたお節介みたいに毎朝家に来て一緒に走らされた。ほんと押しが強くて無邪気だから断れないのよね。これも今と一緒。でも、そのおかげでどんどん痩せて、絵馬の笑顔に癒《いや》されるからつい冷蔵庫を開けちゃっても閉めるだけ。ストレスで食べることもなくなったの。そうやって一緒に遊んで二人でお出かけして服を選んで、絵馬にたくさん褒められて、綺麗《きれい》になる事がすごく楽しくなって──今のあたしになったわ」

ああ、そうだったんだ。僕にお洒落を教えてくれた時も意外なくらい僕の視点を考えてくれたのは、猪熊さんにもそんな過去があったせいなんだ。

「ふふ、私もほとんど一緒よ」

振り向くと、鷹見《たかみ》さんは目を瞑《つぶ》り小さく笑っていた。

「小学生の頃の私は——無口だったの。それも病院に連れていかれるくらいね。結局病名はつかなかったけど、自分の名前も言えないくらいだった。それで男子にいじめられて、女子にも一緒におしゃべりができないから無視されていた。趣味は読書と執筆ね。暗い部屋で一人で書いていたわ。けれどある日学校に持って行った原稿が見つかってみんなに馬鹿にされてしまったの。止めようにも言葉が出ないからさらに笑われて、エスカレートした結果、原稿は破り捨てられてしまった。そうして破られた原稿を泣きながら一人でゴミ箱から回収している時に……絵馬《えま》が現れたわ」

流れるように言葉を紡ぎ華麗に男を罵倒する鷹見さんからは想像もできない姿だった。

そして、ここでもやっぱり白星《しらほし》さんが出て来るんだな。

「その時だけはなぜか口に出来た『死にたい』の言葉、それを合図に絵馬はこっちが慌てるくらいぼろぼろに泣いてくれた。さらに絵馬は一緒に原稿を集めてセロテープで補修して、私の作品を読んでくれた。そうして私の作品を面白いって、こんなに素敵なお話を書くエレナちゃんの事をもっと知りたいって。そうやって絵馬と一緒の毎日を過ごし、私の作品を肯定してもらううちに——話す事ができるようになったの。それからというものの絵馬にどうやったら恩返しができるか、どうやって会話したら絵馬が喜ぶか、そんな事を考えているうちに小説も上手《うま》くいき……今の私になったわ」

鷹見さんも同じ。たまに僕に同情的だったりしたのは、そういう事があったせいなんだな。それと、二人の男嫌いもこんな過去のせいなのかもしれない。

「ま、そーいう訳で、今みたいな事もあったのよ、あたしとエレナにも。恥ずかしすぎるから、それはさすがに言えないけどね」

その『今みたいな』『恥ずかしすぎる』事というのは、つまり今の僕が——。

「絵馬が手を差し伸べてくれるとつい頼りすぎちゃうのよ。本当は全部自分の問題で、全部自分の責任なのに」

「ふふ、そうね。倒れた時に手を差し伸べられた。立ちあがれた。それだけでもう十分。そこからは一人で歩かないといけないのについ背負われてしまうのよ」

そうだった。僕は白星さんの『わたしのせい？』を即座に否定できなかった。それは、どこかにそんな甘えた気持ちがあったせいだ。

頼まれて仕方なく。でも上手くいったからすごい。

こんな風《ふう》にどこか他人事《ひとごと》のように考えていたからこんなザマになったんだ。

白星さんはあくまで純粋な善意の手伝いをしてくれただけ。選んだ責任も実行した責任も僕にある。なのに僕は、玲花《れいか》先輩の事で上手くいかずやりきれない気持ちを、白星さんに押し付けるような態度をとってしまった。それも、一番ダメなタイミングで。

「ふふ、さっきも言ったけれど気持ちだけは分かるわ」

遠くの山にかかる虹を見つめるようにして、鷹見さんが言った。

「以前にも言ったけれど、人って自分本位なのよ。自分が世界の中心だし、自分の時間も労力も何もかもは自分のために使うべきだと思っている。世界はもっと自分に興味を持つべきだとさえ思っている。だから、いざそんな風《ふう》に誰かに興味を持たれてしまうとそうやって調子に乗ってしまうのよね」

「はあ……でも言っちゃ悪いけど、絵馬《えま》も本当に有り得ないのよ。下心もなく一緒に泣いてくれたり、あんなに興味津々で一生懸命だったり。そんな都合のいい生物がいたらついすがっちゃうしかないじゃない」

「……そうね。人間は他人に興味などない。下心を抜きに誰かに与える事などしない。他人に無条件の愛を与えるなんて神様にしかできない事なのに、あの子はそれをやってのけるわ。そんな事をされたらこちらはつい盲目的に信仰してしまう。だからこちらは自らを律して、自分の問題は自分で片付ける努力をしなければいけないのよ」

確かに神様だった。太陽みたいに僕を照らしてくれた。けれどその太陽の引力に負けて自分を見失うくらい振り回されないように注意しなければいけなかったんだ。

「ま、とりあえず謝りに行って？　失敗したら坊主ね」

「ふふ、もちろん失敗したら今年いっぱい私の足置きにするわ」

二人の言葉に苦笑する。そうして僕はブランコを降りて、白星《しらほし》さんの下へ向かった。

夕日が白星家を赤く照らしている。

門を入ると玄関の扉越しに犬の鳴き声が聞こえた。白星さんの飼い犬のペコの声なんだろう。僕が玄関に近づくにつれてその吠《ほ》え声はだんだん大きくなって、急に止まる。

「おう、お前か」

緑ジャージの美少年、お兄さんの真央《まお》さんが犬を抱えながら玄関から出て来た。

「用件は何となく分かるぞ。まあ入れよ」

そう促されて家の中に入る。

真央さんはペコをリビングらしき部屋に入れて戸を閉めると、軽く肩をすくめた。

「まあ面倒くせえ事になってるわ。昨日から部屋から出てこねえし、飯も食わねえし」

言われて胸が痛くなる。それは、僕のせいだ。

「何があったかは興味もないから聞かねえけど、説得失敗すんなよ」

真央さんについて行き二階へ。そうして白星さんの部屋の前へ。

さあ白星さんと対面だと固唾を飲んでいたら……なぜか真央さんが部屋をノックする手を途中で止めてしまった。

「……お前はあいつの事良く知らないだろうしな。説得のためにいろいろ教えとくか。俺も前回ああは言ったけど、さすがに気持ちの整理ついてきてるし」

真央さんが自嘲気味に笑って、白星さんの部屋の前から移動する。

「ああは言ったけど」って、どの話の事だろう？　色々言われすぎて思い出せない。

そうして真央さんと二階最奥の部屋の前へ。

この部屋は確か「勝手に開けたら殺すぞ」って脅された部屋だ。

真央《まお》さんがノックなしに無言でその部屋のドアを開ける。

そこは女の子の部屋だった。白星《しらほし》さんの部屋に似た、けれど置いてある家具やぬいぐるみのキャラが何となく古い。それに少しだけ埃《ほこり》っぽくて乾燥している。

「この部屋は……誰の部屋ですか？」

「白星絵海《しらほしえみ》。絵海姉《えみねえ》。俺の姉貴だ」

白星さんにお姉さんがいたのは初耳だった。けれど何だろうこの部屋、匂いというか人のいる生活感のようなものが……。

「一〇年前に死んだがな」

「…………」

「交通事故だった。俺以外の家族がなかなか受け入れられなくてな、特に絵馬《えま》が。だから絵海姉の部屋は当時のままに残してあるんだ」

言葉がない。そんな哀《かな》しい過去が白星さんにあっただなんて。

「んでな、あいつがああなった原因はここにあるんだよな」

真央さんが言う『ああなった』というのは、多分、女神スイッチをはじめとした白星さんのあの性格の事なんだろう。

「一〇年前、絵馬が七歳の時だ。あの頃の絵馬は、ガキながらまあ最低な奴《やつ》だったぞ」

どう考えても結びつかない白星さんと最低の言葉に僕は首をひねる。

「世界でも数例しかない名前の長い原因不明の心臓の難病にかかっててな、小さい頃から酸素を吸いながらずっと病院のベッドの上だった。一〇歳までには死ぬって言われてた」

これも信じられない。今の白星さんは健康そのものなのに。

「そんな絵馬を――絵海姉はずっと見守っていたんだ。俺が言うのもなんだけどな、絵海姉はすげえ女だった。美人で勉強もできて友達も多くて、それに自分の事は度外視で誰かのために必死になれて、悲しいことがあれば一緒に泣けて、嬉《うれ》しい事には一緒に喜べる、そんな事を天然にできる女神みたいな姉貴だった」

今の白星さんのような性格のようで驚く。

だけど当時の白星さんは『最低』だったらしいけど……どういう事なんだろう。

「絵海姉は生来の性格で、絵馬の面倒を必死に見た。毎日病院に見舞いに行った。だがな……絵馬はそんな絵海姉を罵倒したんだ。その頃の絵馬は自分の境遇を憎んで他人をうらやむ暗い子供だった。自分と比べてあまりに輝いている絵海姉をこれでもかと罵倒して、絵海姉は絵馬に毎日『死ね』って言われてたんだ。でもな、絵海姉はそれでも絵馬に会いに行った。絵馬が対抗してさらに我儘《わがまま》放題になって、恨みつらみをぶつけてきてもそれでも――『絵馬が一人ぼっちにならないように』って絵馬に会いに行ったんだ」

今の白星さんからは想像もできない。けれど、その憎しみと嫉妬の境遇には同情するしかない。だってお姉さんの年まで生きているか分からないんだ。そして、お姉さんの罵倒されても貫く献身さも、どれだけの忍耐が必要なのか想像もつかない。

「ところがある日、いつものように絵馬に病院で『死ね』って言われた日の帰りだ。絵海姉は事故で死んだ。そうして絵海姉《えみねえ》のいなくなった静かな病室で、絵馬《えま》は初めて絵海姉に救われていたことに気づくんだ。んで——なぜか急に病気も治っちまった。医者も不思議がっていた。だがある日の事だ、絵馬が昼寝から目覚めて、いきなり泣きながら言ってたんだ『わたしのせいで死んだ、なのに絵海お姉ちゃんは最後までわたしを……』ってな。ははは、もしかしたら死んだ姉貴が神様にお願いしたのかもしれないな、私の命と引き換えに絵馬の病気が治りますように、って」

「………」

「その日から、絵馬は変わった。絵海姉に我儘《わがまま》や恨み言をぶつけた反動か知らねえが、絵海姉みてえに誰でもどんな時でも人を受け入れようとし始めた。んで『死ぬ』って言葉にすげえ反応するようになった。これが——お前らの言う女神スイッチの正体だ」

壮絶だった。あの規格外の行動がそんな凄《すさ》まじい過去に裏打ちされていたなんて。

ここで思い出す。真央《まお》さんはその女神スイッチの事を確か別の名で呼んでいた。

「まあ俺は『呪い』って呼んでるよ。なんでかって、あいつのアレは天然じゃない。努力と哀《かな》しみと贖罪《しょくざい》の意識と、そんなもんの蓄積で出来てるから絵海姉と違ってすげえいびつで不器用なんだ。だからいつもやりすぎるんだよな」

確かにやりすぎで不器用だ。ただそんな白星《しらほし》さんの一生懸命さに僕は救われた。

でも、そんなものが根本にあるとなると無邪気に受け入れて喜ぶわけにもいかない。

「だから、あいつに優しくしてやってくれ」

真央さんはお姉さんの部屋の戸を閉め、「任せたぞ」と言って自室に帰っていく。

僕は深呼吸を一つ。そして、白星さんの部屋のドアを叩《たた》いた。

白星さんの部屋のドアを叩く。案の定、返事はない。

僕は待つ。本当は誰もいないんじゃないかって思い始めたくらいに「だれ……?」とドアの内側から声が聞こえた。

「その、僕です。亀丸《かめまる》です」

言うと部屋の中でガタガタッ！　と何かが崩れる音がした。

「あ、待って！　待って待って……！」

ドアの向こうで白星さんがせわしなく動く気配。しばらくすると静かになって「……どうぞ」と消え入るような声がした。

ドアを開けると、部屋の中では白星さんが部屋着姿で椅子に座り、かしこまるように両手をきつく握って膝に置いていた。さらには床を見つめる涙目に震える唇、肩をこわばらせてさえもいる。

「本当にごめんなさい……わたしのせいで……お願い死なないで……ごめんなさい、わたしのせいだから、ごめんなさい……何でもするから、死なないで……」

ぶつぶつと熱に浮かされたようにつぶやく白星さん。

恐らくまだ引っかかっているんだろう。僕があの病室で『死にたい』と言った事が。

そうやって僕の願いが叶《かな》いそうにもなくて、僕が絶望して死んでしまうと思い込んでいるんだ。あんなのはほとんど言葉のあやだっていうのに。

「……白星《しらほし》さんに、伝えたいことがあるんだ」

僕が言うと白星さんがびくりと肩を震わせた。今の白星さんが冷静に聞けるかは分からない。でも、きちんと伝えなきゃいけない事なんだ。

僕は、白星さんを傷つけたあの夕日の公園で一番に言うべきだった言葉を放った。

「白星さん、ありがとう」

「違う、違うよ！　だってわたしのした事のせいで」

「関係ない。どんな結果になろうとも白星さんに感謝してる。たとえ玲花《れいか》先輩の事が上手《うま》くいかなくても、僕はそれ以上のものを白星さんからもらったんだ」

「嘘《うそ》だよ！　私はそんな」

「嘘じゃない。僕は……今までずっと一人だったんだ。でも何で一人だったのかって考えてみたらさ、誰かに拒絶されることに怯《おび》えていただけなんだ」

そうだ。人が怖かった。人が僕に向ける目が、言葉が。だって人が何を考えているかなんて結局わからない。そこから嫌なものが出てきて傷くのが怖くて、だからその前に自分で自分を傷つけてしまえば安心できると思って。

だから僕は……暗い思考を動力に暗い世界に潜り、それ以上傷つかないように自分を守った。何も期待しないようにした。

「だけど、白星さんが教えてくれたよ。僕は一人じゃ何もできなかった。そう、人間ってたぶん一人じゃ大した事はできないんだ。お洒落《しゃれ》や会話や異性への心構えや他の人生すべての事について――そういうのってぜんぶ体験として人から受け取るもので、それはやっぱりスポーツみたいに誰かと一緒に経験したり、面と向かって教えてもらわないと身に付かないんだ。……だから怖くても、人に向かっていかなきゃいけない」

傷ついても嫌われても、多分、そうやって生きていくしかない。

けれど、もし誰かと気持ちが通じたら、それよりも嬉《うれ》しい事がある。

「ここからは僕一人の戦いだ。けれど僕は一人じゃない。白星さんたちみんなに教えてもらった事はそれ自体がもう僕の大切な一部になってるんだ」

一人じゃない。そうやって差しのべられた手が温かくて、嬉しくて。自分の駄目さをずっと悔やんでいた過去も、白星さんたちに出会えた今となってはそれすら含めて僕の人生はこれでよかったのだと思えてしまって――。

気づけば僕は『空っぽ』じゃなかった。空っぽだから皆とこんな風《ふう》に出会うことができた。むしろ空っぽなのが僕に与えられていた事なんだとすら、今は思えるんだ。

「だからもう一度言うよ。……ありがとう。もう何が起きても怖くない。失敗しても、今までの事をぜんぶ肯定できる」

「亀丸《かめまる》くん？　それはどういう……」

そして僕は、ここに来る前に決めておいたことを言った。

「僕――玲花《れいか》先輩に告白してくる」

「…………」

「決着をつけようと思ったんだ。玲花先輩はもうここから止まらない。必ずアメリカに行く。夏になればもう受験の準備で忙しくなるし、かといって卒業の時に言い逃げみたいに告白したくない。だから、もう今しかないと思ってる」

僕の決意に、白星《しらほし》さんがその瞳からまたじわりと涙を溢《あふ》れさせた。

「……そう言うんじゃないかって、薄々感じてた」

何となく分かってきたけど、恒星の瞳は天然なようでいて、結構見ているんだ。

「わたし、亀丸《かめまる》くんのこと応援したい。絶対上手《うま》くいくって言いたい。でも……」

「分かってる、玲花先輩の事も。あんな風《ふう》に希望を持ったらどんな誘惑にも負けない。目標になってしまえば忘れることもない。僕の告白は、きっと断られる」

「それなら、なんで？　亀丸くんが傷つくの、わたし、見たくないよ」

「……ありがとう。だけど、それでも気持ちをあの人に伝えようと思ってるんだ。そうやって人に向かっていくしかないって、みんなから教えてもらったから。そして……そういう僕を白星さんに見てもらいたいと思ったのもあるんだ。僕はもう一人でやれるって、どんな失敗をしたって『死ねばよかった』なんて、もう言わないって」

「ひぐ、がべばるくん、わだじ……どうじだらいいの？」

白星さんが泣きすぎてものすごい鼻声になっていた。優しい子だから、最後まで自分が何かしてあげられないか悩んでいるんだ。だけど、それはもう十分。

「はは、部活に例えるなら僕が選手で白星さんはコーチみたいなものだからさ、あとは僕の仕事なんだ。適当に見守ってくれるだけでいいよ」

本当にこれで十分。だけど、ぐしぐし泣く白星さんはそれでは納得がいかないというような顔をして、なぜか机の引き出しをごそごそと探り始めた。

「……ぶ、ぶかつで思いだしたの」

その手にはマジックペン。そう言えば白星さんの二つ名は――。

「か、かいぎも通ってないけど……それに、そもそもわたしがじぶんでじぶんにお願いして意味があるのかもわからないけど。それでも、ぜったいに上手くいってほしいから。お祈りすることしかできなくても、わたしは、精いっぱいお祈りしたいって思うから」

目に涙をためたまま鼻を鳴らして、左手に自分で文字を書き始める白星さん。

書き終わり、握って祈るようにしてから、手が差し出された。

白い手が蓮《はす》の花のように開いていく。それはすごく大事なものに思えて、つい無意識に近寄って両手で受けるように、優しく包むようにしてしまった。

日の出の如く開いた手のひらから、ぎこちない丸文字が視界に刻まれる。

「ありがとう、なんだか本当に上手くいきそうな気がしてきたよ」

「うん……うん……がんばってね？」

そうしてこの女神は、やっと笑顔を見せてくれたのだった。

翌日、良く晴れた朝。

僕は十分な時間をかけて熱いシャワーを浴びた。そうして剃刀《かみそり》で顔を剃《そ》る。ヒゲらしいヒゲは生えていないのだけど今日はうぶ毛の一本も許さない。

完全武装であの人の前に立ちたかったから。

歯を磨く。爪を切る。髪に整髪料をつけて毛束を作る。そして前日にアイロンがけした制服を着て――。

寮の玄関を出る。あの人の下へ向かった。

嵐の前の静けさか、日中は淡々と授業が進んだ。

放課後、生徒会室。僕はいつものように書類に目を通す玲花《れいか》先輩と向かい合って座る。

決戦の日。少なくとも僕にとってはそんな日だった。

告白すると決めた。結果は分かっている。でも、怖くても前に進むって僕は決めた。その証明の意味での告白だ。しかし――。

背すじを伸ばしたまま凛とした表情で書類を眺める先輩。そんないつもと同じ顔の先輩を見て少しだけ冷静になってしまう。

断られた時の事を考えるとやはり怖い。怖いのは僕が傷つくことではない。先輩が僕の告白を断ったことを気に病む可能性だ。だから受験や卒業に影響しないように、今するしかないと思った。そんな経緯がある。

ただ、そもそもそんな僕の都合で告白していいものかと今さら迷う。決着をつけるかどうかは僕の問題で、それは玲花《れいか》先輩には関係がない。むしろ僕が告白しない方が玲花先輩は卒業まで心穏やかでいられるのかもしれない。

「亀丸《かめまる》君、明日の準備はできているか？」

玲花先輩が声をかけてきた。先制攻撃された気になって内心狼狽《ろうばい》する。

「あ、明日の準備、ですか？」

「約束していただろう、天体観測の件だ。手ぶらで良いが防寒具だけはしっかり持ってきてくれ。双眼鏡は貸そう」

「そ、双眼鏡で見えるんですか？　僕、大きな筒みたいな望遠鏡を想像してましたが」

「基本的な星座を覚えるには双眼鏡がいい。広視野で明るく空を面で捉えられる。むしろ双眼鏡でなくてはダメなものもあってな、例えば動きの速い流星や人工衛星等は――」

玲花先輩が微笑《ほほえ》みのまま語りだすと同時に、いっそう熱が逃げていく。

焦る必要はないんじゃないか、最後に少しはそんなデートを重ねたうえで告白したほうがいいんじゃないか。それ以前に決着なんてつけずにこんな楽しく会話できる関係のまま想《おも》いを秘めて終わるのだって悪くないんじゃないか。

だってこの状況は、せっかくみんなが教えてくれたモノで積み上げた――。

その時だった。がらりと生徒会室のドアがノックなしに開く。

「お疲れ。久しぶり」

そこには長身痩躯《そうく》、爽やかな短髪。そして、特徴的な穏やかな笑み。

玲花先輩の目がこれでもかと見開かれた。

現れたのは玲花先輩にとっての『あの人』。

――前生徒会長、坂町寅司《さかまちとらじ》先輩だった。


その二つ名は宇宙人。坂町先輩は在学中と同じように、こちらの思惑など知った事かと心の準備もさせないまま突然に現れた。

まるで天災のようだった、少なくとも僕にとってはそうだ。

デニムに白シャツ、シンプルが故に細く背の高い坂町先輩のスタイルが存分に分かる格好。それだけであちらが格上だと思い知らされて、僕はどうしようもない敗北感に襲われてしまう。

見たくない。

けれど見えてしまう。呆然《ぼうぜん》とした顔からみるみる顔を紅潮させる玲花先輩の姿が。

「さ、ささ、坂町先輩。どうしたのですか突然⁉」

しばらく聞かなかった玲花先輩の敬語。その響きに時が巻き戻る気がする。一年前の生徒会室に。そして……白星《しらほし》さんに出会う前の僕に。

「アメリカの大学に入学は決まったんだけど、あっちって九月が入学式だからさ。まだ先だから一回帰ってきた。で、昨日の夜、何となく気になって生徒会の様子見に来た」

坂町《さかまち》先輩の飄々《ひょうひょう》とした声に、玲花《れいか》先輩が椅子から転げるようにして立ちあがった。

「そ、そうなのですか!?」

「はは、玲花は相変わらず硬いしゃべり方するなあ」

坂町先輩の玲花先輩を呼びつけにするその声に、そして直立不動でがちがちに緊張している玲花先輩の姿に、胸が締め付けられる。

「さ、坂町先輩は、い、いつまでこちらにいるのですか!?」

「はっきり決めてないけど、八月までかな」

長い。それは長すぎだ。少なくとも今の玲花先輩が勇気を出すには十分すぎる時間だ。爆発の予感がした。長年ため込んでいたマグマがここぞとばかりに大噴火するような。

「さ、坂町先輩！　天体観測なのですが、久しぶりに一緒にどうでしょうか!?　その、ちょうど明日予定しています！　ここにいる雑務の亀丸《かめまる》も興味があるそうで初めて連れていくところです！」

やめてくれ。涙が出てきそうじゃないか。これじゃあ天体観測に一緒に行くとしても僕なんか完全に邪魔者だ。そんなの拷問以外のなんだっていうんだ。

積み上げたものが全て崩れ去る恐怖に視界が暗くなる。ただ……よく見ると坂町先輩は困ったように眉を寄せていて、

「う〜ん……ちょっと、忙しくて難しいんだよな」

坂町《さかまち》先輩の口から出たのは、軽い調子でありつつも断りの文句だった。

そうして浮かれていた玲花《れいか》先輩が一瞬固まったその時、

「Hey!　トラジー！」

金髪の三つ編み、眼鏡をかけた青い目、白人の女性が生徒会室に入ってきた。坂町先輩と同じような白シャツとデニムを着ているけど、女性なのにこれまた坂町先輩と同じようにひょろりと背が高く海外モデルみたいに圧倒的なスタイルだった。

「Wait. Wait a minute」

坂町先輩の口から英語が飛び出てくる。すると女の人は可愛《かわい》らしく頬《ほお》を膨らませて「びと〜、びと〜」と何やら坂町先輩に訴えている。

唖然《あぜん》とした僕たちに向けて坂町先輩がはにかむように微笑《ほほえ》み、頬をぽりぽりと掻《か》き、

「こいつ、俺の彼女。こっちに来たらまずカブトムシとかクワガタ獲《と》りしようって約束してて せっつかれてる。俺と一緒で虫好きで」

びと〜は beetle だったか、それはどうでもいいとして……彼女？

「で、明日からこいつとバイクで日本縦断してくるから意外に予定きついんだ。だから悪い、星は見に行きたいけど、難しい」

すると彼女さんが坂町先輩の腕に抱きついた。坂町先輩の耳元でなにやら囁《ささや》くと二人でくすくすと笑い合っている。

「久しぶりに顔見れてよかった。それじゃあ、たまに帰省してくるから、またな」

そう言うと密着してイチャイチャしながら、坂町先輩は生徒会室を去った。

坂町先輩は高校時代と全く同じように、急に現れて、周りを驚かせて、煙のようにあっさりと消えた。


生徒会室に静寂が戻る。玲花先輩が自分の椅子に無言で座る。

書類に向けて顔を伏せているのでその顔は分からない。

しばらくして、向かいから「ひ」と引きつるような声がした。

がたりと椅子が倒れる音。玲花先輩が立ちあがって顔を伏せ、よろよろと生徒会室の出口に向かう。胸を押さえて、苦しそうに。

それは知ってる。呼吸ができなくなるんだ、そういう時って。

苦しくて足元が覚束《おぼつか》ない。だから出口にもたどり着くことができずに、玲花先輩が足をもつれさせて床に転ぶ。

「ひぐ……ひ……えう……」

転倒したまま、玲花先輩が泣いている。

「み、見ないでくれ……ひぐ……うっ……」

隠そうとしても隠しきれない。玲花先輩の瞳からぽろぽろと涙がこぼれている。

これで、玲花先輩の恋は終わった。終わってしまった。

僕にとって間違いなく幸運だった。なにせ最強の天敵がいなくなった。もしかしたら今後チャンスがあるかもって、そう期待せざるを得ないほどの『幸運』だ。

『――うん……うん……がんばってね？』

何故《なぜ》か昨日の白星《しらほし》さんの顔が浮かんだ。まさかこの幸運が、白星さんの手のひらに願いを込めた白星効果なのか？　必勝の女神によってもたらされる、規格外の幸運。

坂町《さかまち》先輩は言っていた「昨日の夜、何となく気になって生徒会の様子見に来た」と。まさか女神の力が運命を捻《ね》じ曲《ま》げて、来るはずのなかった坂町先輩を呼び込んだのか。

有り得ない。それに、もしそうだったとしても……これが僕の望んだ結末なのか。こんなむごい光景が、本当に女神の力によるものなのか。

「あ、う……ひ……ひぐ、見ないで、くれ」

玲花《れいか》先輩が泣いている。立とうともせず、制服についた床の埃《ほこり》も払わず、普段の凛々《りり》しい姿をかなぐり捨てて。

僕の知っている玲花先輩なら後輩の前でこんな弱味《よわみ》は見せないはずだった。なのに僕の目の前で泣いているという事は……そんな気丈に振る舞う事すらできない、立ちあがれないくらいに哀《かな》しい思いをしているって事なんだ、

立ちあがれないほどの絶望。それは、僕が散々味わった事だろう？

これが僕の望んだ結末であるわけがない。だって先輩のこんな姿を見ていると、天敵の消失に朗報だと喜んだ自分が、誰より卑怯《ひきょう》で汚く思えてしまうんだ。

だから、僕は――。

「僕、先輩の事好きです」

だから僕は、告白した。


僕の告白を聞いた玲花先輩が、一瞬だけ涙を止める。

「こんな時に冗談は……やめてくれ」

「冗談じゃありません。僕は、先輩の事が好きです」

「弱った私ならいけると思ったのか？　あんまりだ。私は……」

「……そうは思っていません。思うわけが、ないじゃないですか」

僕の言葉に、濡《ぬ》れた目のまま考え込むように黙る玲花先輩。

例えば、ここで当たり障りのない慰めをして、玲花先輩が坂町先輩の事を早く忘れるよう今日の事なんか話題にもせず、知らんぷりをする。

付き合いたい、それだけならば多分、僕はそうしたのかもしれない。

でも、その瞳の中に初めて僕の居場所を作ってくれた人。そんな人が絶望している時に思う事が単なる「付き合いたい」で終わっていいはずがないんだ。

だから捨てようと思った。この幸運も、想像した都合の良い未来も何もかもを。

そうでないと先輩を支えられない。玲花先輩の絶望に手を差し伸べるには、この一瞬に生のままの自分全てをぶつけるしかない。

暗闇を払う超恒星。誰よりも純粋な瞳を向ける——あの子のように。

「僕は玲花《れいか》先輩が好きです。凛々《りり》しくていつも前を向いて努力する先輩が。そんな先輩がどれだけ魅力的か知っています」

「…………君は」

僕は思い出す、先輩の魅力を。

そのために、今まで暗闇の世界で回していた思考の歯車を逆に回す。

内でなく外へ、嘆きでなく喜びで、自己の否定でなく、誰かを肯定するために。

「初めて会った時から、好きでした。真剣な横顔も優しい笑顔も、真面目すぎて少し抜けているところも。……仕事が忙しくてもいつも笑顔でみんなに接している、見えないところで努力をしていて痛みを知っているから本当に人に優しくできる。……先輩より素敵な人間なんていません」

溢《あふ》れ出す。そうだ先輩は世界一なんだ。僕を救ってくれた始まりの神様なんだ。だからなんだって出来る。だからこんな風《ふう》に泣いていちゃいけない。

「だから——戦いましょう」

「……たたかう?」

「そうです。多分、外国に行ったばかりで浮かれているだけなんです坂町《さかまち》先輩は。だから、きちんと話をして分からせてやればいいんです。先輩の魅力を」

「君は、何を言って」

「奪いに行きましょう。先輩なら絶対に勝てます。先輩のほうが……ずっと綺麗《きれい》です」

「奪うなど……無理だ。私には、何もない」

「そんな事言わないで下さい。自信を持って下さい。先輩みたいに強くて綺麗な人が、こんな風に気持ちも伝えられずに終わるだなんて、有り得な――」

「黙ってくれ！」

怒声が弾《はじ》ける。逆鱗《げきりん》に触れた。そんな気がしたけど……。

「気持ちを伝えるなど、そんな簡単に言うな。やめてくれ……。みじめになるから、頼むから、やめてくれ……」

逆鱗ではなかった。そこは急所だったのかもしれない。

「そうだ、いつもそうなんだ私は。昔から、こうなんだ」

「………………」

「……入学した頃、私は今よりもずっと地味で臆病な人間だった。誰とも話せず相手にもされず、幽霊も同然。部活の新入生勧誘の時も誰も声をかけてこない。その時、桜吹雪の中、唯一手を差し伸べてくれたのが先輩だったのだ……」

それは一体、誰の話なのだろう。それはまるで――。

「彼を目標に私は……ひたすらに勉強し、体を鍛え容姿を整え、必死に人前で話す訓練をし、様々な恐怖に打《う》ち克《か》つ努力が出来るようになった。もちろん好きだった。坂町先輩の事が好きだった……。しかし、想《おも》いを伝える事だけはどうしてもできなかった。そうして何もできないまま彼が卒業した。——怖かった。彼が何を想《おも》うのか、どんな返事がくるのか、それだけが怖かった。告白など周りの皆が当然のようにしている事がどうしても怖かった。私は、そんな臆病者なんだ！」

ため込んでいたものを吐き出すような慟哭《どうこく》だった。

「なにが生徒会長だ、なにが学校一の才女だ。その実、私など人のできる当たり前の事が出来ない、半端者だ。気持ちを伝える事に怯《おび》え、まるで迷子になった子供のようにその場で立ち尽くして何もできない。……それだけの人間なんだ！　だから、そうやって買いかぶるのはやめてくれ！」

玲花《れいか》先輩は神様だ。なのにそんな言い方はないだろう。

これじゃあ、白星《しらほし》さんに出会う前の僕とまるで同じじゃないか。

でも、実際はそうなのかもしれない。

僕はもちろん、猪熊《いのくま》さんも鷹見《たかみ》さんも、白星さんも、みんながみんなどこか不器用に戦っているんだ。当たり前を当たり前にしている人間なんていない。何の悩みもなく『普通』に生きている人間なんていないんだ。

「ひぐ、今さら、こんな私の気持ちを、彼に伝えて何になる！　見苦しくすがりつく私の姿など、ひぐ……みじめで、笑えるくらい無様じゃないか！」

大粒の涙を流して玲花先輩がまた泣きだした。だから、僕は——。

「一人で泣かないで下さい」

僕は、一番言いたかったことを言った。

「一人で泣いて、自分を無価値だなんて思わないで下さい！　誰かに笑われるかもしれないと思うなら僕だけは笑わない……！　たとえそれがどんなにみじめな姿に見えても、先輩の気持ちがどれだけ純粋か知っているから！　どれだけ先輩が苦しんできたか、僕は知っているから！」

先輩も人間だった。簡単に絶望して、自分は孤独だと思い込んでしまう。

だから僕は叫んだ。

白星さんと出会ったあの日、絶望していた僕に差し伸べられた手のように。

全身全霊でまっすぐにこの人を肯定して、支えてあげたかった。

「僕は、先輩が好きだからこそできる限りの協力をしたいです。やっぱり坂町《さかまち》先輩と付き合いたいなら――言ってください！　必ず会えるように坂町先輩に約束を取り付けます！　それが駄目でも予定通り海を渡って追いかければいいんです！　そのための協力ならなんでもします！　だから、だから――！」

その時、涙に濡《ぬ》れてこわばっていた玲花先輩の顔がふ、と緩んだ。

その急な気配の変化に、思わず言葉を止める。その視線の先は僕の顔だ。

気が付くと、僕の目からは涙が溢《あふ》れていた。

「…………」

だって悔しかった。先輩が泣いているのが許せない。こんなに綺麗《きれい》で優しい先輩に興味すら持たず、悪意はないとしても今の彼女を見せつけるようにした坂町《さかまち》先輩が許せなかった。何年も抱えた想《おも》いを残酷に切り捨てられた玲花《れいか》先輩の気持ちを思うと、僕が抱えた絶望なんかよりもずっと胸を引き裂かれそうだった。

そんな思いがない交ぜになって――あふれて来た涙だった。

「君は……私の事にどれだけ必死なのだ」

玲花先輩の呆《あき》れるようなその微笑《ほほえ》は、年上特有の余裕があって包みこまれるような、一瞬でこちらのペースを奪い取る微笑みだった。いつもの玲花先輩の笑みだ。

「その……僕は」

「言っている事は無茶苦茶《むちゃくちゃ》だ。だが、必死なのは分かった。君が必死過ぎてかえってこちらは冷静になれた。……感謝する」

僕も涙を拭きながら、とりあえずは玲花先輩の涙を止められたことに安堵《あんど》する。

「ただ、坂町先輩の事は……しばらく一人で考えさせてくれ」

それは素直に首肯する。僕が何を手伝おうとしても、それを決めるのは玲花先輩の仕事なんだ。僕にできる事があれば何でもしたいと思うけど、それだけは。

「だが……捨て鉢に一人で泣くことだけはしないと約束する」

そうして玲花先輩は床から立ち上がった。制服についた埃《ほこり》を払って元の席に着く。

いつもの玲花先輩だった。背筋の伸びて凛々《りり》しい姿。

それだけで十分だった。だから、僕は先輩を一人にするために席を立った。

生徒会室から出る寸前、背後から玲花先輩の「待て」の声に振り返る。

「君のあれは……本当に告白だったのか？」

「僕にとっては間違いなくそうです」

「返事はしなければ、だめか」

「はい。ぜひ」

「いや待て、これはそもそも返事をするべき性質の告白なのか」

もう一度「ぜひ」と押し込むと、唸《うな》る玲花先輩。これはできれば聞きたかったので嬉《うれ》しい。さすがは玲花先輩だ。きっちりしていて人の気持ちが分かる人だ。

「素直に言うならば……まだ気持ちの整理がついていないのだ。だから、その、すまない」

「ありがとう、ございました」

「だが、しかし……なんだ。やはりチグハグでおかしな返答だ。待て、その」

「いいんです。……ありがとうございました」

真面目な先輩らしい返事に僕は深く礼をして、生徒会室から出た。


生徒会室を離れた僕は廊下を歩く。

そうして思い返す。告白としてはやっぱり最悪のタイミングだった。

だけど後悔はない。絶望していた先輩を心の底から肯定するには、あそこで告白しなければいけなかった。それに、少なくとも玲花先輩が泣いているのに卑怯《ひきょう》にも息を潜めてほとぼりが冷めるのを待つよりは、僕の想《おも》いをきちんと突き通す事が出来た。

「ごめんね……勝たせてあげられなかった」

生徒会室のドアが軽く開いていたので予感はしていた。

「でも……わたしは、亀丸《かめまる》くんがすごく頑張ったんだって分かる」

涙声に振り向くと、女神が目を真っ赤にしてぽろぽろ泣いていた。

「がんばったね？　がんば……う……ひぐ、ごめんなさい……ごめんなさい……ひう」

本格的に泣き始めた。それに筋違いに謝りだすものだから、それだけは否定しようと思わず近寄ると――ぎゅ、と抱きしめられてしまった。

反則だった。

「がんばった……かめまるくんは、がんばった……」

自然と穏やかに頬《ほお》が緩む。玲花《れいか》先輩の言った事は本当だ。自分より必死な人を見るとかえって冷静になれる。自分の事じゃないのにこんなに泣いている白星《しらほし》さんがなんだか滑稽で、底抜けに優しくて、こちらの哀《かな》しさすら忘れて微笑を浮かべてしまう。

だけど――これは反則だ。

「その……ありがと」

「いいの。わたし……なんでもするから。わたしになにかできる事がないか、ずっと考えているから……かなしかったら、いつでも言ってね……？」

身を引いた未練はある。けれどあの告白に後悔はない。なのにこんなの反則だ。こんな純粋な涙を流す女神の抱擁に、僕が耐えられるわけがないじゃないか。

だからやめてくれ。超恒星の引力に引きずり込まれて、フラれたばっかりだっていうのにこれじゃあまるで――。


週明け、月曜の昼休み。白星さんから話があるという事で、僕を含めて皆で文芸部室のテーブルを囲んでいたのだけど……。

「え、絵馬《えま》……やめて、ほんとうにやめて」

「本当……何だというのそのシンプルかつ凶悪な言葉は」

猪熊《いのくま》さんと鷹見《たかみ》さんが白目をむいて小刻みに震えている。

「うん、あれからお兄ちゃんに相談してみたの！　そうしたらね、やっぱり恋愛の悔しさは恋愛で晴らすしかないって！　だから亀丸くんをこれからも手伝う事にしました！　亀丸くんに彼女ができるまで、みんながんばろー！　おー！」

白星さんが太陽のようににっこりと笑う。ただこれだけならいつもの白星さんだった。

その程度なら問題ない。これからも付き合いが続くという事で嬉《うれ》しいだけだ。

ただ、こう言い出したら何かあるのがいつもの白星さんでもあって。

「え、絵馬……『練習彼女』ってなに？」

白目をむいたまま、息も絶え絶えに猪熊さんが訊《き》く。

「うん！　お兄ちゃんに相談したらね、女の子に慣れてないのが一番の問題って言ってたし、わたしもそれは確かにそう思うの！　だから亀丸《かめまる》くんに彼女が出来るまで、わたしが『練習彼女』になることにしました！」

　鷹見《たかみ》さんが吐血した。

「え、絵馬《えま》……な、何故《なぜ》貴女《あなた》はそんなドスケベな言葉を平然と作り出せるの？」

「ど、どど、どすけべじゃないもん！」

「それならどうするというの？　練習だからってエッチな事を迫られたら？」

「え、エッチな事!?　ま、待って、それは考えてなかったけど…………ど、どこまで？」

「「UBOAAAAAAAAAAAAAAAAAAAAAAAAAAAAA！」」

　猪熊《いのくま》さんと鷹見さんが断末魔の声を上げた。

「ダメ丸！　お願いここで警察に自首して！　そうよ間違いを犯す前に牢屋《ろうや》に入るの！　あああああそれでも足りないわやっぱりちんこ切るしかないいじゃないの！」

「ふふ、ねえ貴方《あなた》、私今度マンションを買うから一緒に暮らしましょう？　そうよ貴方を飼ってあげる。半年に一回くらいは日の光を恵んであげようと思っているから大丈夫よ」

　相変わらず猪熊さんが炎上して鷹見さんの目が狂気の光を帯びていた。

　ただ僕も、白星《しらほし》さんの提案には反対なわけで。

「し、白星さん、それはやりすぎっていうか。僕は、白星さんとは普通でいたいんだ」

「大丈夫！　遠慮しなくていいよ！　わたしでいっぱい練習して!?」

「いや、これは僕のお願いなんだ。白星《しらほし》さんとは普通の関係でいたいっていうか」

「もう！　だからそんな普通なんてよくわかんないもん！」

困った。けれど僕は本当に普通でいたいんだ。白星さんの性質に頼ることなく普通に会話して、正々堂々と――。

その時、猪熊《いのくま》さんと鷹見《たかみ》さんが僕をジト目で睨《にら》みつけているのに気づいた。

「なんか臭い。ダメ丸からエロ猿の匂いがして臭い。ええ臭いわ臭いんですけど！」

「ねえ正座して？　その言葉の真意が聞きたいわ。逆に何だかいやらしい意図があるような気がするの。さあ正座よ。踏みながら聞いてあげるわ。正座」

「そ、そんな事ないって！」

否定する。いやらしい事なんか考えてない。これは本当だ。だって僕はまだ玲花《れいか》先輩が好きだ。そんなすぐに割り切れるはずがないじゃないか。

ただ、なんだろう。この指摘されてうしろめたい気持ちになる感覚は。

「危険よ……危険だわ！　いいわよダメ丸を一番の監視対象にしてやるわよ！　覚悟してなさいこのエロ猿！　発情した瞬間に六枚におろしてやるんだから！」

「ふふ、逃げられると思わない方がいいわ。貴方《あなた》は私の専属足置きにしてあげる。残りの高校生活はずっとこの部屋で過ごすのよ？　いいわね？　それじゃあステイ。正座よ」

こうして――本日の白星会議は紛糾に次ぐ紛糾だった。

エピローグ

Zettai kanojo tsukuraseru girl!

一つの恋が終わっても、世界は淡々と回り続ける。

昼休みの白星会議で練習彼女騒動のあった、その日の放課後。前の席、熊谷《くまがい》君の机の周りに七、八人くらいの男子が集まっていた。

「おう、亀丸《かめまる》。この前の服屋のセール回る件、今週の土曜にしようと思うんだけどよ」

熊谷君とみんなの視線がこちらを向く。そういえば色々あって忘れてたけど、そんな約束をしてたな。

もちろん僕は「大丈夫だよ」と返事する。今週は特に予定はない。

けれど緊張するなあ。熊谷君はともかく他のみんなは全く話した事ないし。

そして思う。玲花先輩の事は残念だったけど、今回の事はやっぱり無駄じゃなかった。

積み上げた結果、こんな風《ふう》にクラスの人とのつながりもできた。これをきっかけに――。

「み、みんな、待って！」

隕石《いんせき》みたいに突然に迫る巨大な気配。その声にみんなが振り向く。

そこに居たのは白星さん。もじもじとしながら、一瞬ためらって、大きく息を吸って、

「こ、今度の土曜は亀丸くんと初デートの練習をしなきゃいけないから、こ、困るっ！」

巨大隕石が地球に衝突するとどうなるか。氷河期が訪れるのだ。

情報処理不能。そんな感じでみんなが固まっていた。

そんな中、隣の席の佐藤《さとう》さんが、がたがたっと椅子に足をひっかけつつ立ち上がり、

「き、きゃー、なになに！　ねえねえ付き合ってるの⁉　すごいすごい！」

それを合図に氷河期は終了。教室には万物の生命が芽吹くような女子たちの黄色い声。

一方の男子はといえば、活火山の大噴火だった。

「「「はあああああああああああああああああああああああああああっ⁉」」」

みんな僕を睨《にら》みつけると、ペッぺと唾を吐いて、椅子とか机とかもういろいろ蹴って教室から出て行った。

「お、おう。俺は気にしないけど、まあセールは延期だな……」

ああ、せっかくみんなと仲良くなれると思ったのに……。

というか白星《しらほし》さんだ。これが件《くだん》の『練習彼女』なのか⁉　いらないって言ったけど、その程度で白星さんが止まるわけないって分かってたけど、もう始まっていたのか。

「絵馬《えま》、こっち来なさい絵馬！」「絵馬、ちょっと話があるの」

一方の白星さんは猪熊《いのくま》さんと鷹見《たかみ》さんに両腕を掴《つか》まれてずるずると引きずられていく。

「いやーっ！　デートの話し合いするのっ！　亀丸《かめまる》くーん！　かめまるくーん！」

ちょっと泣きそうな声で叫んでるけど、泣きたいのはこっちなんだよなあ……。


クラスでの白星さんの騒動後、生徒会室。

僕はいつものように玲花《れいか》先輩と向かい合って仕事をしていた。

そう、意外なくらいいつも通りだった。ただし業務関係以外の言葉はない。なんだか白星さんに出会う前の生徒会室に戻ったみたいだ。

やっぱり気まずい。だけど、玲花先輩も少しそわそわしている気もする。

「そ、その……私から言うのもなんだが」

玲花先輩がためらいがちに口を開いた。

「……これからも後輩として普通にしてほしい。これは私からのお願いだ」

「も、もちろんです」

「そうか。ならば……天体観測の件はどうする?」

元の関係に戻れる事に安堵《あんど》した瞬間、その提案に意表を突かれる。

「き、君がよければだが。まあ返事は今しなくていい。ゆっくり考えてくれ」

もちろん行きたい。ただ僕もまだ楽しく話せる自信がない。それに玲花先輩の坂町《さかまち》先輩への想《おも》いの答えが出ないうちは、それどころじゃないって話でもあるし……。

「土日を使って考えてみたのだ、これからの事を」

その何より聞きたかった事に、背筋を伸ばして耳をそばだてる。

「やはり私は、人の恋人を奪う真似《まね》はしたくない」

胸が痛い。その答えにどれだけ先輩の落胆や絶望が込められているのか。

「先輩、駄目です。あんなに好きなんですから、諦めないで下さい」

ところが先輩の表情からは絶望もなにも感じられない。むしろ晴れやかな気配がした。

「違う……私は坂町《さかまち》先輩が好きだ。だからこそ彼と今の彼女を応援しようと決めた」

「そんな……」

「そういった好きの形もある。それに、これは君が──」

玲花《れいか》先輩が途中で言葉を止め、また書類に目を落とす。

残念だった。どうやったら諦めないでいてくれるんだろう。先輩の決めたことではあるけど割り切れない。そもそも土日だけでそんな簡単に決められるモノなのか？

そんな事を考えつつ僕も書類に目を通していると、

「き、君はまた髪を切ったのか？」

玲花先輩が訊《き》いてきた。思い違いだったら恥ずかしいのか、少しだけ頬《ほお》を染めて。

「切ってませんけど？」

「そ、そうか。すまない」

そう言って咳ばらいしつつ、また目を伏せる。そうして「私は……何を」と何やら小声でつぶやいていた。ああは言っても先輩もまだ坂町先輩について思う所はあるんだろう、悩んで独り言が増えるのも仕方ない。

と、その時だった。突然、生徒会室の戸がぱ──んと開いた。

「な、なんだ⁉」

玲花先輩が目を丸くして向けた視線の先には……白星《しらほし》さんがいた。

白星さんは無言。思いつめたような表情で、つかつかと僕のところに歩いてくる。

「き、君は、確か二年の白星さんだったか。は、初めましてと言いたいところだが……どうしたのだ？」

突然の白星さんの登場に明らかに狼狽《ろうばい》している玲花先輩。

ええと……嫌な予感がするぞ。

白星さんが作ったような怒り顔でむすっとしながら僕の隣に座る。いきなり僕の腕に絡みついて胸を押し付けてきた。そうして僕が唐突な胸の感触に驚く間もなく、

「わ、わたし！　先輩の事、き、嫌いです！」

「き、君とは話したこともないのになぜ嫌われなければいけないのだ⁉」

いきなりの発言に玲花先輩は案の定困惑している。もちろん僕も大混乱だった。

そんな僕の気持ちを察したのか、白星さんが僕の腕に絡みついたまま、

「だって……理由なんかないもん。亀丸《かめまる》くんを泣かせたから嫌いなんだもん……」

恒星の瞳で上目遣いに僕を見つめながら、そうぼそりとつぶやいた。

何ておかしな認識なんだ。人がフラれたからってその相手を嫌いになるなんて。それに玲花先輩には坂町先輩がいる。そんなあちらの都合も考えてくれないと。

でも……待てよ。僕だってどんなあちら側の都合があろうと、玲花先輩を泣かせた坂町先輩のことを許せないし、言葉を変えればそれは『嫌い』に間違いないわけで。

そうして気づく。

僕が真似《まね》したものは本物の女神ではなかった。

その瞳は全てをあまねく照らす恒星ではなかった。面ではなく点、最高にまっすぐで一方的、だからこそ極めて純粋な――。これがこの不器用な『女の子』の本質だった。

「そ、その、み、見つめ合うの終わり！　も、もう終わり！」

玲花《れいか》先輩が裁判長のように机をばんばん叩《たた》いていたので、はっと振り向く。

「ま、まあいい。君が私を嫌いだといっても、人の好みなどそれぞれだ。だが……なぜ彼にくっついているのだ⁉」

「これから亀丸《かめまる》くんと放課後デートの練習をするからです！」

ああ、やっぱり来た。練習彼女の件、ぜんぜん諦めてくれないんだな……。

一方の玲花先輩は目が笑っていない。手に持ったペンを机にコンコンコンコンと細かく叩きつけて、なんだかめちゃくちゃイライラしていそうだった。

「ま、まず彼から離れるといい。生徒会室はそういう場所ではない。それに、ほ、放課後デートなど、その、私が言えた立場でないが……くっ！　まずは彼から離れるんだ！」

「別に離れるまでもなく、このままデートに行くので気にしないでください！」

「こ、困るぞ……？　彼は君と違って忙しいんだ。平日は生徒会の仕事、土日は私と天体観測に行くのだからな！」

「そ、そんなのキャンセルです！　わたしとの練習が優先です！」

白星《しらほし》さんと玲花先輩が、僕の意見も確かめずにおかしな張り合いをしている気がする。

と、玲花先輩がさびついた機械みたいに首をぎぎぎ、と僕の方に向けてきた。

「つ、付き合っているのか……？」

「ち、違います！」

「その、つ、付き合っていなくてもなんだかこれはものすごく問題だぞ⁉　だって君は私に、ついこの前、こ、こ……ええい、説明を求める！　こっちに来るのだ！」

先輩が立ちあがって早足に机を回り込み、僕の手を掴《つか》んで引っ張ってきた。

「だめです！　これからわたしとデートなんです！」

今度は逆側から白星さんに引っ張られた！

「あの、痛いです。痛い痛い。せ、先輩！　だんだんムキになって全力とかやめてください！　すでに本当に痛いです！　白星さんも深呼吸して息止めしてから腰を落とすのやめてもらっていいかな⁉　あ、なんかゴキッていった！　痛い痛いやめてくれえええええ！」

——結局、僕の物語に神様なんていなかった。

でもその代わりに、とことん不器用で、些細《ささい》な事で悩み争う、優しい人たちがいた。

あとがき

初めまして。まほろ勇太《ゆうた》です。このたび本作で第一三回MF文庫J新人賞優秀賞をいただきデビューとなりました。フリートークは大の苦手なので、あとがきに何を書くかギリギリまで迷いましたが、無難に趣味の事でも書いてみたいと思います。

私の趣味は肉を焼くことで、もう長いこと週末になると肉を買ってきては自宅で焼くのが習慣になっています。焼く頻度が高いのは牛と鴨《かも》ですが、羊や鹿も好きです。

肉の火入れは奥が深いので、毎日焼いているプロの方々並みとは口が裂けても言えませんが、肉の温度管理から肉質・サイズによっての焼き方の考慮など、その都度しっかり考えて丁寧に調理するようにしています。

牛ステーキならだいたい塩・胡椒のみで一食あたり四〇〇～五〇〇グラムを目安に素材のパワーをガツンと味わいにいくのが好みですが、たまに薬味をつけるとしたら柚子胡椒《ゆずこしょう》で、これは七難隠す魔法の調味料ですね。失敗しても美味《おい》しく食べられます。

そして最近思ったのは、この一連の調理～食事嗜好《しこう》が、私の創作スタイルにもある程度反映されているのかもしれない、という事でした。

シンプルに力強く、丁寧な処理で素材の味を見せる。これを目標に今まで執筆の修練を積んできました。

複雑な調理はやはり天才の領域なので、できる技術を磨くという愚直なスタイルで頑張っていきたいと思います。あとは薬味程度に個人のクセを出せたらいいなあ、と。

ちなみに本作は平成二七年度の新人賞投稿作から改稿を重ねた作品で、完全別作品である改稿前は鷹見《たかみ》エレナがメインヒロインだったのですが、編集部からは、「訓練されたドM以外楽しめない」「あなたが思うほど罵られて喜ぶ男性はいません」というドM大歓喜の厳しいご指摘をいただき、「たまには甘口で書いてみようかな？」という気まぐれから本作と相成りました。

いろいろゴタクを並べましたが何より一番は気楽に読んでいただけるよう書きました。お楽しみいただけましたら幸いです。なお略称は『絶カノ』を考えております。

最後に謝辞です。まずは担当編集のK様です。いかに物語に対して誠実であるか、いかに読者の事を真剣に考えるか、いつも真摯なご意見を下さりK様が担当で本当に幸せだと思っています。

続いてイラスト担当のあやみ様。様々なオーダーにお応えいただき本当にありがとうございました。すべてが最高です。重ねてありがとうございます。

また読者様の手元に本が届くまで関わって下さった全ての方々、そして誰よりも読者の皆様に深く感謝しております。今後ともよろしくお願いいたします。

まほろ勇太

MF文庫J

絶対彼女作らせるガール!

2017年11月25日　初版第一刷発行

著者　まほろ勇太
発行者　三坂泰二
発行　株式会社 KADOKAWA
〒102-8177 東京都千代田区富士見2-13-3
0570-002-001（ナビダイヤル）

印刷・製本　株式会社廣済堂

Printed in Japan　ISBN 978-4-04-069551-8 C0193

この作品は、第13回MF文庫Jライトノベル新人賞〈優秀賞〉受賞作品「絶カノ（甘口）」を改稿・改題したものです。

【 ファンレター、作品のご感想をお待ちしています 】
〒102-0071 東京都千代田区富士見2-13-12
株式会社KADOKAWA　MF文庫J編集部気付「まほろ勇太先生」係「あやみ先生」係